就这样开始

阿呷 著

作家出版社

自序

我是活跃燃烧的生命，易于感动。我的身体里面住着两个人，一个是我理性严谨的父亲，另一个是我热情澎湃的母亲。我时常在理性与感性之间游走，这使我可以看到生命中别人看不到的一些珍贵的微光。我珍惜这些常人不以为然的所在，将它们视作我生命中的必需。

暗夜里，我听到自己的呼吸，我知道，我并不强大。我的生命就存续在这一进一出的呼吸之间。生命如此奇妙，它让我们吃尽苦头，又让我们深感幸福。我们无法延长青春，也不可能永生，于是我们需要尽力去做我们深爱的每一件事，这过程使我们的力量和勇气得到增长。那些不曾远去的美好，热泪盈眶的瞬间，难以忘记的日子，我们当以我们喜欢的方式存留。

无论我们经历了什么，是否会阅读或者书写，我们终将回到文学的怀抱，不是吗？一些刻骨铭心的温暖，似曾相识的场景，它们是我们记忆中永恒的诗篇，一直都在，带着光亮，直到生命的尽头。

以此为序篇，就这样开始，因为我不想停下来。

2022 年 9 月 11 日于成都

目录

故乡

故乡

没有吃到坨坨肉是不算过年的，我很确定，纵有山珍海味也不算。就好像去咖啡馆，只有在铺白色桌布的那一家，我才感觉像是喝到了真正的咖啡。我纷乱无序的情绪大部分时间只是在积累，它们很难流露，可是一场无解的雨，便会让它们如洪水一般决堤。我可以吃尽苦头、受尽折磨，却始终珍爱着内心深处的这一份自以为与生活紧密相连的体味。我不知道为什么我会是这样的人，也许与生俱来，也可能是因为际遇和周遭。

我跟我所在的这个城市有五十一年的联系，从我降生开始。当然，我跟故乡的联系远不止于此。我认为作为一个独立的生命个体，在母亲的腹中就可以感知温暖的羊水之外的世界。母亲怀着我在她的出生地嘎乌拉达和工作的里庄之间奔走，有时候她也在县城开会。我出生之后就从成都回到故里，三岁以前跟着母亲在这些峡谷高山之间穿行，时而被抱在怀里，时而被背在背上，大一点儿的时候就被他们牵着，这些混沌模糊的背景是连续的，场景也十分清晰。我父母常惊讶于我的记忆，实际情况不仅如此，我在后来回到冕宁读高中之后，找到了我三岁时的玩伴，尽管我们最终没有成为朋友。三岁之后我便到成都跟父亲一起生活，而在假期我们会坐几天的车回到里庄。这种情况一直持续到我四岁，母亲才带着还是婴儿的妹妹到成都，和我们一起生活。

我母亲在述说她为我所做的牺牲时，通常会强化独自抚养我的难度那一部分。我当然知道母亲刚烈和热烈并存的个性以及不可违逆的性格特点，但当我复述当时看到的情景，并纠正她的一些说法时，她还是震惊了。比如那次几乎要了我命的白喉病，我记得屋里的火炉是怎样的，当时她焦急地向一个在抽叶子烟的人询问办法，一旁外婆在哭，小舅舅在喝水，母亲用彝语绝望地训斥他，大致意思是我已经病成这样，大家都还是各干各的事情。这是发生在我八个月时的真实场景。

这些遥远的回忆仿佛长在我的皮肉里，它们自己会在某一天突然跳出来，提醒我、催促我、暗示我、温暖我、左右我。我的里庄和嘎乌拉达像两块刺青，印在我深深的脑海里。雅砻江奔流不止的宽阔江面、水流和沙滩、乱石，是我童年的游戏场，也是我真正的故乡。

一

我记忆中的雅砻江，是天下最美最欢畅的流水，它自由、纯净、澎湃，又深深地宁静。母亲和外婆聊天时常常叹息说江水无情，每年都会冲走几个人，她们很坚决地不许我独自靠近江水。可是在我三岁以前的眼睛里，奔腾汹涌的江水、松软润泽的沙滩，还有沙滩上奇形怪状的礁石，都是孤独的我最好的玩伴。记得有那么一长段的时间，黄昏的时候，我们常常沿着公路散步，我和母亲同事的孩子们在前面蹦蹦跳跳，大人们则在后面慢慢跟着，边走边聊。我记得江水忽而在我们右边，忽而又在我们左边，公路跟江面离得那么近，我奔跑一阵后会突然地停下来，呆呆地看那些江心巨大的漩涡，还有江面上翻卷起来的浪花，觉得兴奋又神秘，但母亲的话又让我感到害怕。

我的外婆帮助母亲照顾我，把我带到三岁。里庄区委篮球场十多级的台阶下面是我的家，它在一座两层建筑的一层，是最尽头的两间，带着一个小院子。小院子靠墙的角落里，有很窄的十多级石梯通向篮球场。

我几乎每天都会试着在有沙滩的地方踩水、玩水、玩沙子。外婆看不住我，我会溜出家自己走到公路上，然后顺着坡坎往下滑，跑到江边。外婆怕母亲责怪，又拗不过我，她常常跟着我到江边，在一边看护我，用彝语混杂着汉语不断叫我离水远一点儿。每天我的小布鞋都是湿的，外婆在的时候她会看管我的鞋，可是我一个人的时候，通常会弄丢一只。我会在江边待一个下午，或者一整个白天，即便没有小朋友，没有任何玩伴。

我看到许多原木顺江而下，对它们的去向感到好奇。我问外婆，我的问题外婆通常都没有答案，然后又问到母亲那里去。我的思路会一直停留在木头上，并为此感到不安。直到有一天母亲对我说，它们是一路漂到成都去的。这个回答让我感到惊喜，我幻想着父亲会看到它们中的一根，然后再想起我。“爸爸会把那些木头放在哪里？”我问母亲，她怔了一下回答我：“送给幼儿园，以后你就到成都去上幼儿园。”接下来我便从母亲的口中知道幼儿园是个什么情况了，于是江水、木头、成都、父亲和幼儿园便成了我的一个幻想链。那个时候，我每天都看到源源不断的木头漂在江上，它们顺着宽阔的江面缓缓而下，遇到狭窄的江面，它们会拥挤冲撞，有些木头打着转，慢慢漂到岸边，我会着急，会大声叫：“快走，快走，到爸爸那里去！”大人们会相视偷笑。可是，我的爸爸在遥远的成都，我在想，为什么我不能骑在木头上漂到成都去呢？于是这个想法上了我的头，晚上睡觉的时候我对母亲说：“明天给我几根绳子，你把我绑到木头上，我坐

水去成都找我爸爸。”母亲听后大惊失色，让我又复述了一遍。“为什么绑在木头上。”母亲试探我对水的认识。“因为木头找得到成都。”母亲开始后悔编的那个木头漂到成都的谎言。“小孩子不会游泳会被水呛死，就再也见不到妈妈爸爸了。”“那就明天见妈妈爸爸。”我当时还弄不清楚时间和死亡的概念，母亲费了很大劲才让我明白，死就是明天见不着，明天的明天也见不着，明天的明天就是永远。

母亲收走了家里的绳子，连毛线也收走了，她让外婆时时刻刻跟着我。我最喜欢在客车站下面的沙滩玩，外婆也总领着我到那里。我在阳光下的沙滩上奔跑，那些奇怪的巨石是沙滩的一部分。我有时候会爬到小一点儿的石头上玩，或者躲在几个大石头的后面，有些石头之间的裂缝很大，我可以尽情地躲在里面，像小人书里的小孩儿一样捉迷藏。当然，偶尔我会被卡在那些石头缝里，那时我会哇哇大叫，外婆便像从天而降，把我从那些石头中间拯救出来。

我常常躺在沙滩上看天上的云和太阳，听江水哗哗流过。躺够了就起来玩沙子，直到外婆把我狠狠地拽走，甩到她的背上。

我是这样自由、好奇和冲动，可以无忧地长大，雅砻江母亲一样深深的爱，曾经深刻地、缓缓地流经我的童年。

二

我没有邻居，除了伍萨史布，他是个成年人。我家所在的那栋楼好像只住着我们两家人。二楼是办公室。而一层，隔了几个房间才住着酒疯子伍萨史布。母亲从不让除了外婆之外的人带我玩，她跟我讲叔叔会在跟小孩单独一起的时候吃小孩，我因此看到他总是低着头匆匆逃走。“坏小孩儿！”他会追着我的背影恶狠狠地凶我，一只手总是拿着一个军用水壶，那是他的酒壶。他个子很高，我仰着头也看不到他的脸，他的头上戴着黑色的传统头帕。那个年代出来工作的彝族人很少，许多男子头上都戴着黑色的缠了一层又一层的头巾，包住整个头。

我害怕伍萨史布，他又高又瘦，每天都醉醺醺的，东倒西歪，他似乎很恨我，他经常到我家来坐，坐下来狠狠地凶我：“娇生惯养。”我会躲到母亲身后，外婆会用彝语大声骂他。总之，只要我调皮不听话，母亲总会用他和刘哑巴来吓我，一听到他的脚步声在走廊响起，我就会老老实实地跑到母亲或者外婆身边。

遐哥哥是我最崇拜的人，他的妹妹和我同岁，但不爱说话。他们家离我家实在太远了，但我可以找得到。从区委出了大门，往左拐，走上公路，上一个大坡，再走一段路就到了。遐哥哥家在里庄小学，他父母都是老师。他是小学生，总是穿着白衬衣，给我糖还给我小人书，本来给了两本，可外婆只让我拿走一本。小毅哥是他弟弟，我不喜欢他，因为他总爱用弹弓瞄准我，还用脚来绊我。

我感到快乐的事情莫过于邱叔叔带着他家的几个哥哥姐姐打篮球，要知道球场就在我家石梯上面，在小院子里听到他们的声音，不管做什么我都会停下来，冲上台阶，来到球场。我看到他们热烈活泼的样子，充满了羡慕。我常常在球场的边线上走来走去，想引起他们的注意，可是我太小了，他们根本就不会看我。终于有一天我看到一个球向我飞过来，兴奋地张开双手想要接住它，可是那球重重地砸在我头上，把我砸倒在地。他们发出惊呼，然后都围过来看我，我本来痛得准备好好哭一场，可是，一看到他们就怎么也哭不出来了。他们吓坏了，其中一个摸着我的脸问："成都娃娃，痛不痛啊？"我点点头，眼泪一下就下来了，他们一边哄我一边拉我起来。我被一个哥哥抱在手里，其他的人又开始打起球来。我在那个哥哥手上跳动着、呐喊着，直到外婆把我从他手里夺过来，并且在我屁股上狠狠揍了两下。

家里总是人来人往，尽管只有一个房间，另一个是外婆住的，就在我们对面，走廊的另一边。我跟妈妈住的房间并不大，一张床、一个柜子、两个箱子、一张桌子、一个火炉、几个小板凳就是全部家具，院子就是厨房。院子不大，可总是坐满了人，院子正对着的是一墙之隔的雅砻江水运处，右边就是石梯，往上便是篮球场。左边是一个搭起来的屋檐，一边靠着我们的房子尽头，一边靠着水运处的墙，檐上面有一片片瓦片。屋檐下面就是我家的灶台，还有堆放整齐的木柴。冬天，母亲会在院子里生上火，在一个正方形的木架子上放一个铁盆子，里面装有木炭，偶尔也会有钢炭。里庄春天的风很大，冬天又太冷，院子里坐不住，他们都在我和母亲的房间里待着，围坐在火塘边聊天、喝酒。有时候他们会唱一些曲调忧伤的歌，一边唱一边流泪，这个时候我会出来阻止他们唱歌。夏天的时候，他们会坐在院子里，他们中的一些人席地而坐，另外一些人坐在我家的小板凳上。一样地聊天、喝酒，一样地时常唱歌、流泪。我的母语就是这样，在我站着、坐着、玩着、闹着，睡梦中、醒过来的时候飘荡在我的周围，紧紧地围裹住我，让我感到实实在在的幸福和安宁。

三

在里庄，我其实是很孤独的，母亲经常下乡，父亲远在成都，外婆带着我，她的话我听得懂，但我的话她却听不懂。除了青玲，我没有朋友。但记忆中青玲时常不在，常常跟着她父母回她爷爷家。所有认识我的人都喜欢我，因为我嘴巴甜，会表达。我知道大人们在逗我，便故意装糊涂配合他们，让母亲高兴，也让他们高兴，看着他们被我惊得目瞪口呆的样子，我很得意。我有一箱子小人书，是父亲从成都给我买回来的，家里只要来了客人，我就会把小人书拿出来让他们给我讲，我太喜欢听故事了，但大人们总是很快就敷衍完我，然后坐下来聊天，说他们的事。就这样，我也只有听他们讲话，讲那些我不太懂的事情。

里庄只有一个百货公司、一个国营的饭馆，就再也看不到其他商店了。所以，在我的印象中，除了公路、烈士陵园、客车站、粮站、小学、区委和水运处，就只有雅砻江和阳房社了。母亲下乡的时候，外婆就背着我在公路上转悠，一天又一天。里庄严格说来不能算是有街道的。百货公司、粮站和那家饭馆都在区委出门后左拐上坡后的右边，我们在公路上也可以看到，天冷的时候，公路上没有一个人，即便最热闹的地方也不会有一个人。人们忽然间不知都去了哪里，我是找不到原因的。天很冷，风卷起漫天的尘土，树上的叶子掉落一地，使人感到压抑和伤心，我在外婆背上思念母亲，无比烦躁，一直哭闹。外婆的语言无法让我安静，没有交流的苦恼折磨着我三岁的大脑。我要说话，我要玩具，我要玩伴，我更要母亲。外婆拿我实在没有办法，便给了我一包火柴玩，我在外婆背上把它们一根根划燃，再绝望地看着它们一根根熄灭。在我小小的心底，对瞬间汹涌而至的思念和伤感，以及对希望瞬间失去的绝望是有记忆的。隔着时间，我看到没有陪伴只能玩火柴的小女孩在外婆的背上思念母亲，她的眼泪多年之后依然可以从我的眼眶里掉落下来。

记得晚上在水运处看坝坝电影，虽然看得不是特别懂，但那么多人会集在一起，我感到兴奋。水运处的操场比区委的篮球场大，平时大人们在那里开会，偶尔周末就在操场上放电影。有一次看《红色娘子军》，第一次看到芭蕾，特别崇拜和迷醉。看到一半我就睡着了，回来的时候在母亲背上听到电影散场时的嘈杂和母亲跟人用彝语道别的说话声，迷迷糊糊的，感觉特别舒服。我在背带里睡得很香，到家也不愿意下来。

何舅舅就住在篮球场旁边，他在武装部工作，他和父亲是亲的表兄弟。他穿着一身军装，很高大、威武。他会给我买水果糖，常常到家里来。父亲从成都回来的时候常给他带礼物，一顶帽子、一个背包或者一件中山装。他和父亲特别要好，父亲一回家，他会天天在我家坐着，从早到晚。有时候他们俩沿着公路散步会带着我。何舅舅和父亲聊天的时候特别开心，他们俩都很温柔，笑声克制。父亲走后，他间或来我家，给我买来喜欢的东西。有时候母亲会让我去叫他下来吃饭。遇到天冷的时候，母亲脾气也会很不好，因为洗头或者我的固执，母亲会打我，如果何舅舅听到我的哭声，会很凶地朝我母亲吼：“几几，你这样会把你女儿打死的。”母亲会立刻停止收拾我，然后给他倒水或者酒。何舅舅是我的大救星。多年之后我才知道，我跟他的小儿子何三哥是定了娃娃亲的，但这也挡不住我敬他爱他。

四

夏天的时候，什么都开始变得好起来，公路上开始有人走动，百货公司那里更是到处都是人。我被外婆看得死死的，但我会趁她不备偷跑出去。这个时候白天是那么漫长，家的外面是那么热闹，大家的情绪在这个季节是那么饱满。区委的喇叭里传出革命歌曲的时候，我起床也不会显得艰难了。妈妈跟外婆在这个季节也变得更加慈爱，就连伍萨史布也只是歪歪倒倒地走，并不会随便骂人。我是那么憎恨孤独，喜欢热闹的场景。

更重要的是青玲也回来了。青玲的一条腿是瘸的，因为小儿麻痹症。她家在招待所里，父亲是客车司机，常给她带礼物回来。她有个妹妹，还是个婴儿。青玲家离我家不远，出了区委大门走几步，斜对门就是烈士陵园，经过长长的通道，再过一个铁门就是她的家。我常常去找青玲玩，每次去，烈士陵园是必经之路。这条路上除了纪念碑，就是花坛，记得还有几座坟墓，阴森森的，有点瘆人。陵园开满了玫瑰，那些冰冷的像是围墙一般的铁栏杆护卫着玫瑰，在夏天，它们变得柔软起来。鲜红的玫瑰看起来是那样美，和区委后门通向阳房社路上的野花一点儿都不一样。它们是那样高贵纯洁，像磁铁一般吸引我，让我常常忍不住要停下来看。因为刺多，我并不是特别敢靠近。但有时候我会鼓起勇气摘一朵，这会浪费我很长时间。不管我怎样小心避开刺，它们都会狡猾地在我手上留下印记。手被刺破我会痛得甩手大叫，因为四周没人，本就显得阴森恐怖的陵园会因为我的哭叫更加让人害怕。我曾经听到母亲和姨娘说，烈士陵园里还埋有一个年轻的女学生，这让我感到奇怪，我不知道她为什么要被孤单地埋在这里。尽管这里有好看的玫瑰，可是这里是那样阴冷、无趣和偏僻。我不知道我摘她的玫瑰她会不会生气，但之后晚上我常常做噩梦。躺在床上，我把被子盖在脸上，然后拿掉，再把枕头放在脸上，完全呼吸不了，我赶紧坐起来，然后想象着被埋掉有多难受和恐怖，就开始伤心起来。之后每次经过烈士陵园都会既害怕又难过。

青玲的妹妹像是我和她的玩具，我们把她放在床上，给她盖上枕巾、洗脸帕、围巾、床单、大人的外套。然后又找来水和肥皂，给她洗手和脚。我们给她喂水，她就吐水，给她喂饭，却怎么也喂不进去。后来我掰开她的嘴巴，发现她没有牙齿，于是我们放弃了。我会带小人书去青玲家一起看，可是在路上我总会把它们弄丢。但我的外婆也会神奇地把它们一一找回来。青玲的父亲经常给她买稀罕的东西，让我眼馋。几条小金鱼让我一段时间每天都到她家去。外婆实在看不住我，在我央求母亲给我买的时候，居然也加入了我。我并不知道里庄是没有金鱼的，县上也没有。青玲的父亲是客车司机，也不知道他从哪里弄到这些。我想起我的父亲在成都，于是在青玲和我闹矛盾被拒绝看小金鱼的时候，提高嗓门向她宣布说父亲要给我买彩色的鸟和小金鱼寄过来。尽管是谎言，青玲还是让我看了小金鱼，而且还让我把手伸到瓷碗里去摸了一下。小金鱼橙黄色的身体带着一点红，眼睛鼓鼓的，鳞在它身上闪着银光，它的尾巴像薄纱做的裙子，那么轻柔飘逸，在白色的瓷碗里游来荡去，十分快活。我是那么羡慕青玲的小金鱼，每次被外婆拖回家，一路上都会流很多的眼泪。

母亲终于拗不过我，买了几只小鸭子。我实在是太高兴了，把青玲带到我家里来看小鸭子。小鸭子在院子里放养着，长着鹅黄色的茸毛。下雨之后，院子里高低不平的地面上就会有积水，小鸭子们会争先恐后地朝积水那边拥，它们在积水里一翻滚、一扑腾，然后身子再一抖，脏水就没有了，毛茸茸圆滚滚的身体特别可爱，把我和青玲看呆了。小鸭子们走起路来一摇一摆，挺着肚子，我学它们走路，一板一眼的样子把母亲和外婆逗得哈哈大笑。我把小鸭子放在手里，用嘴亲它们，母亲开始紧张起来。我学会了给它们喂蔬菜，我一边喂一边问母亲是否可以把它们带到成都去，母亲说成都也有小鸭子。我低着头没有吭声，我只想要我的小鸭子，眼前的这一群才是真正属于我的。

有一天我从青玲家回来，找遍整个院子都没有看到我的小鸭子，我在院子里无助地大哭，我知道一定是母亲把我的小鸭子送人了。不知过了多久，母亲才跟着一个不认识的阿姨一起回家，一听到她的声音我就跳着扑向门口，朝着她哇哇大哭，一边向她索要我的小鸭子，一边扯着她的衣服大叫。母亲应该很是尴尬，一边说是鸭子自己跑掉了，一边想要把我甩开。我不知道我是天生固执脾气不好，还是我的遭遇让我逐渐暴躁，不讲道理。总之，一旦我刚刚拥有一个心爱的玩具或者爱好，母亲总有恰当的理由使我们分开。我用尽全力扑向母亲，把嘴巴里的一包和着眼泪和鼻涕的混合物朝她狠狠吐了过去，当然，很快我就被母亲悬空拎起狠揍了一顿。

五

我不知道别处的鹅是怎样的，可我知道里庄的鹅，它应该是全世界最大最肥的鹅，对于像我这样大的三岁小孩儿来讲，它是敌人，也是噩梦。它们常常三三两两地一处，有时也成群结队，像没有主人的流浪汉，在公路上、客车站，还有最热闹的百货公司外面转悠。它们十分强壮，伸着长长的脖子，拖着肥胖雪白的身体，专门欺负小孩儿。大鹅大多数个头和我一样高，有的甚至超过我，我常常遭到它们的袭击。有一次从青玲家回来的时候，刚刚走出烈士陵园，我就被一只鹅用嘴夹住了裤子。大鹅从后面攻击我，我感到屁股火辣辣地痛。它气势汹汹，白色的翅膀扇起来，鼓起巨大的风，我飞也似的逃掉了，鞋子也丢了一只。我冲过公路，它摇摇摆摆紧紧地跟着我，速度很快。在追逐的过程中，甚至半跑半飞，脚不着地。我用尽全力冲进了区委的大门，也不敢回头看它是不是还跟着我。对鹅的畏惧使我像一个游击队员，我会在公路上远远地观察，聪明地避开它们。

比鹅还要让我害怕的是刘哑巴和水运处的小丁。刘哑巴不哑，只是他说话的时候总是“哦哦哦”地听不清楚，他个子很高，驼着背。小丁个子和小学生一样高，可他却常常欺负他们。母亲常用刘哑巴来吓我，我害怕刘哑巴，但他不太容易见到。可是小丁，就和公路上的鹅一样常见。或许是因为所有小孩都害怕小丁，我才会在见到他的时候捂着眼睛从指缝里偷看他。看样子他并不喜欢别人偷看他，他会在我回头看他的时候猛地转过头扮鬼脸吓我。每次见到他，母亲都会停下来跟他说很久的话，他们看起来相处得很好，但我会立刻躲到母亲身后。水运处和我家是两隔壁，有时候看电影或者是我一个人，都会见到小丁。记忆中有一次小丁在晚上拿着火把，路过我的时候忽然一下把火把伸到我跟前，我吓得赶紧躲到母亲身后，母亲正在跟人讲话，并没有注意到。看到我害怕的样子，他又把火把移到自己的脸跟前，伸出舌头，翻了个白眼，样子狰狞，晚上看起来特别恐怖。我吓得赶紧用手捂住眼睛，他一走开我立刻就跟母亲讲了：“小丁想用火烧我，妈妈！”“他逗你呢。”母亲只是俯身抱起我，亲了亲我的脸，一笑了之。于是之后我跟何舅舅讲了小丁想用火烧我的事情，他笑了笑，然后跟我说小丁已经到成都去了。之后，我真的再也没有见到过小丁。

伍萨史布突然死了，母亲和外婆都在流泪。可是平日里我常常听到她们说他的坏话，这让我奇怪。伍萨史布是上吊死的，而且就在我家隔壁他自己的家里。这让我更加害怕，时常做噩梦。现在一楼只有我家在住了。可是黑漆漆的走廊从来就没有灯，白天就只能靠大楼中间的那个通向大门和篮球场的连接处采光。我听到姨娘说伍萨史布的舌头吊得很长，眼珠子都快掉下来。我更加吓得睡不着觉。晚上抱着母亲也不让她睡。“妈妈，给我一颗不做梦的药吧。”我把母亲刚刚准备闭上的眼睛用手指掰开。母亲已经忘了白天用伍萨史布吓我的事，不断用嘴巴亲我，用手抚摸我的头发和脸。母亲的爱抚可以让我入睡，可是噩梦还是会随时找上我。

之后，我家院子里来了很多伍萨史布的亲戚，有些亲戚也是我家的。大家坐在一起喝酒聊天。之后他们也会唱歌，唱很忧伤的彝语歌，我坐在一边看他们，心里知道是因为伍萨史布。之后晚上我第一次熬到散场，看到一个一个酒醉的人被扶着离开。有一个人从石梯上到篮球场，后来又从上面头朝下掉下来，大家惊呼着围上去，把点燃的柴棒拿到他跟前。他的头跌破了，血流不止，我吓得哇哇大哭。外婆这才想到我，一把把我从人群中抱起离开了。

过了很久，我都坚持从篮球场绕道出区委，有时候忘了，走到走廊的一半才想起伍萨史布，不敢退回去，只能硬着头皮朝前走。经过他家门前，会感觉到嗓子发干，心快要跳出来。伍萨史布那么不喜欢我，外婆却很高兴，她说这样才好，鬼不会来找我。可是，一想到他那么恨我，从来没有善待过我一天，我就感到难过。

六

记得区委周边山上的土地都被开了荒。这些荒地都是区上的干部带头开的。母亲是妇联主任，除了工作，当然要带头开荒。

跟着母亲一起种地让我特别开心。记得我们的地很特别，沿着山坡开垦的土地，形状像一个个悬在半空的半圆，远看就是错落有致的梯田。我们家的那块巴掌一样大的土地，被母亲种上了辣椒、南瓜、白菜、茄子、葱、蒜、芫荽和萝卜。我站在一旁，看母亲和外婆一个挥动锄头挖地，一个拿着镰刀在割周围的杂草。我兴奋不已，但母亲不许我使用工具，我被锋利的东西扎破过手，所以我并不是真的喜欢那些工具。我只能在她们盯着我的时候摸一摸那些铁打的家伙，冰冷的，很锋利，很有力，也很危险。我一会儿帮着外婆在一旁用手扯草，一会儿又坐在一边把木桶里的水用劲往母亲的方向推。尽管大多数时候我是添乱，但母亲和外婆也并不阻止。黑油油的土地，母亲和外婆把它们翻整得整齐蓬松，培成一行行的土埂，再把一粒粒种子放在松软的土地上。母亲交给我一个小勺子，让我舀水浇地。我用尽全身力气舀好一勺水，可是它太重了，只走了两步，勺子就掉在了地上，我也跟着一块儿坐在地上。母亲和外婆哈哈大笑，本来我是准备哭的，看到她们笑起来，我也就跟着一块儿笑。没几天我再去看我家的地，那些平整的土地上冒起了一个又一个幼芽，多么神奇可爱的小芽啊，有绿色有白色。又过了一阵，它们便长成了该有的样子。一样地，母亲、外婆和我每天都去浇水、除杂草，她们还在区委厕所旁边的化粪池里舀那些大粪作肥料。我看到外婆跟我家田地上方那块地的主人熊叔叔借扁担，又跟下方田地的主人借木桶，她挑着两担大粪从化粪池慢慢往上走，那条蜿蜒的小路其实是很陡的，但她走得那样稳、那么自得，她的样子让我羡慕。

记得南瓜开着黄色的花，瓜藤顺着地面走，可以爬到很远的地方，花谢了之后就开始结果。小南瓜在茂密的瓜叶下面静悄悄地生长，慢慢长成了大南瓜。大南瓜开始是绿色的，杂着一点儿像芝麻点的白，后来就慢慢变色，变成了金黄色的漂亮的圆盘形状的巨大果实。南瓜在我看来是最美的果实。辣椒快变红的时候我特别着急，一天看几遍，直到它们彻底变得红彤彤的。

回家的路上，我们总会遇到劳动归家的区委的叔叔阿姨们，还有跟我一样的小孩子。大人们通常会互相交换蔬菜，我家种的芫荽最受欢迎，长得特别好，味道很香，即使被送到很远的别人家的厨房里，我也闻得到。还有那些长在田坎边的野生折耳根，既没有花，也没有叶，更没有果实，而且不是绿色的，感觉它们很艰难地长大，无数个结头像伤疤一样布满它们细长的身体。它们没精打采地斜斜歪倒在田坎边上，像极了无家可归的无赖。在上大学之前，我都对这种蔬菜怀有深深的厌恶。

对于土地蕴含的神奇的生命力量，我充满了敬畏和热爱。我看到蔬菜、烈士陵园的玫瑰、草和树，都从深深的黑土地里长出来，我知道它们有些是需要照顾才能够长大，而有些却并不需要。就像我和刘哑巴，刘哑巴可以自己长大，而我一天也不想离开我的母亲，她是那么爱我，还有我的父亲，他也是时候该回家了。

七

天热的时候和最冷的时候，就是父亲回家的时候。他偶尔也会出差顺道回家来看我们，但这种时候不是太常见。父亲回家的时候，会带很多大行李包回来，而我的糖果和玩具会在其中一个包里。母亲接到父亲的信会看很多遍，有时候她会悄悄哭，这让我很害怕，有一天我问她：“我的爸爸死了吗？”母亲大吃一惊，恶狠狠地凶我：“不准乱说话，爸爸好好的，为什么这样说。”“你在哭，妈妈。”我想起伍萨史布和女学生，还有听到的那些活灵活现的人忽然就死了。“有没有不死的药？妈妈。”我又问。母亲说：“成都应该有，爸爸回家问问他。”“你没有让爸爸带一颗回家吗？”关于生死的问题，我太早就在思考，在与母亲的探讨过程中，她常常败下阵来。但当她给我一颗糖或者一杯白糖开水，我就会放弃我的问题，否则她会被我的穷追不舍弄得晕头转向。这次她又给了我一颗糖，于是我高兴地想起了其他的事情。

“明天开始我就要去接我爸爸。”没有等到这颗糖在我嘴里融化，我又对着母亲开始谈我接下来的想法。外婆在灯下做我的小鞋子，母亲把信折起来，小心地放进一个小盒子里面。她起身拿起织了一半的我的毛衣，坐在一边开始织起来。那两根银色的毛衣针穿在红色的线圈上，很是好看。炭火上放着一个铁壶，母亲织毛衣的时候脾气会变得很好。我从凳子上滑下来，走到她的跟前。“妈妈我不想死，我要永远活。”母亲笑着看我，外婆没听懂，母亲用彝语又跟她说了一遍，两个人开始笑，她放下毛衣，把我抱在怀里，用她好闻的嘴巴亲我，嘴里不断说：“我的宝贝乖乖永远都好好的，长生不老的。”我不太听得懂，但我很高兴。

我每天都去客车站接父亲，外婆跟着我。每天只有一班客车，会在傍晚的时候到里庄。我每天去，每天都失望地回家，有时候客车里的人都下光了我也不走，固执地说还有一个车。我的小脑袋里始终都会装着一个自己的想法，它们跟大人的永远不会一样。有的时候我并不是真正想要对抗，可是母亲和外婆一说话，我便会坚决地反对。后来母亲没办法，就说父亲到北京去了，我一听先哭了两声，马上止住，眼泪还挂在脸上就问母亲：“爸爸会带北京糖给我吗？”母亲赶紧说对，我立刻高兴起来。那几天我让外婆带我去遐哥哥家，小毅哥和小琼陪我一起疯玩。记得我们正相互追着疯跑，我在里庄小学上学的表姐找到外婆和我，用彝语跟外婆讲父亲回来了。里庄太小了，来一个陌生人大家都会知道。“你爸爸坐小汽车来的，神气得很。”她蹲下来揪着我的脸说。平日里我是不会跟她讲话的，我不喜欢她，可这天我实在是太喜欢她了。我蹦蹦跳跳地从遐哥哥家回到我家，看到父亲站在我的面前，我仰起头看他，他是那么干净好闻，我有点不好意思，低着头看我自己的手，心里在盼着他来抱我。

父亲把我举过头顶，再放下来，又举起，再放下来，在我的要求下不断重复，直到他累得举不动我。我拉着他的手，指着那些行李包，父亲笑着打开其中一个，从里面拿出好多东西来。一件好看的红色灯芯绒外套，一条裤腿上有小鸭子的裤子，更多的糖果出现在我面前，它们被装在不同的牛皮纸袋里面，有奶油球糖、高粱饴、花生牛轧、古巴糖，还有北京的酥心糖。我的嘴里同时放了不同的几颗糖，这让我开心得想要飞起来。最后父亲拿了一个扁扁的和我手掌一般大小的纸做的东西出来，这是我第一次看到翻花。父亲把两根粘在牛皮纸下面合拢一处的小棍子慢慢展开，里面鲜艳的彩色皱纹纸一下跳了出来。他两手不断翻转小棍子，那些彩色的纸就会变成不同的让人喜欢的花样。当你分开它们，就会看到一座桥，用手翻卷它们，就会看到灯笼、房檐。手一抖、再一甩，它们就又变了，一把扇子，还有一朵花……这小小的纸做的玩意儿，是当时成都小孩儿最喜欢、最时尚的玩具。

第二天，我送糖果去遐哥哥家，一路上我都在吃那些将被送走的糖果，它们本该全部都是我的。我只想给遐哥哥一个人吃，一想到小毅哥也要吃，我就很舍不得。沿着公路慢慢上坡，走到一棵大树的下面，我干脆坐下来慢慢吃糖。后来把剩下的送到遐哥哥家的时候，已经不多了，遐哥哥的母亲是老师，她应该是知道原因的，她温柔地用手帕帮我把糊在嘴上的那些多余的糖擦拭得干干净净。

八

三岁以前我得过两次重病，每一次都几乎丧命。

第一次是在八个月大的时候，我得了白喉病，高热不退，里庄医院说不行了，母亲和外婆带我连夜赶到县城。县里的医生也没有办法。因为是婴儿，咽部的溃疡很严重，已经不能吃奶了，消炎药根本没有效果。母亲背着我在县城绝望地逗留，沮丧到了极点。在我之前她曾经流产过一次，父亲远在成都，他们一年也只有两个假期才能见面，我对于这个家来讲，是那么稀罕和珍贵。母亲精神恍惚地呆坐在街上，她已经一步也走不动了，眼泪也流干了，外婆在一边劝着她。这时候，有个又高又瘦的头上缠着白帕子的女人走过来问："老乡，幺幺是读书的还是绣花的？"这是冕宁本地汉族询问孩子性别的方式，母亲回了她："绣花的。""老乡，你这个娃儿的病马太爷有办法治，他的草药吃两服就好得起来。"母亲一听，大喜，立时就活转过来，给那女人买了一包饼子，让她带我们去找。那女人拿了饼子带着我们找到了马太爷，在马太爷那里开了一服草药。据母亲说，当晚我们是在县上亲戚家住的，母亲煎好药给我喂下去，药一下去，我身体立刻像触电一样激了一下，这么大的反应让她们激动起来。之前我气息微弱，几乎快感觉不到呼吸了。半夜里我开始哼哼，第二天就可以吃奶了，就这样，我们又到马太爷那里去了两次，病就彻底好了。多年以后，听母亲描述当年的过程，真的感觉神奇。

在我三岁的那个冬天，我出麻疹了，这病在当时是致命的。可能是那个夏天我在烈士陵园待得时间太长，那个女学生的故事也一直在我的心底纠缠扎根，想不明白。也可能是伍萨史布的鬼魂作祟，大鹅和小丁惊吓了我，还有我心爱的小鸭子被送走……我的小脑袋实在装不下这么多问题，这些难过和不安实在不该在三岁孩子的脑海里翻滚。

于是我病了，先是发高烧，后来高热不退，人开始昏迷、抽搐。那个时候没有特效药，无法退烧，三天三夜我滴水不进，母亲每天守着我，从早哭到晚。麻疹是传染病，我不能被随意移动。父亲也提前回来了。我一直昏睡，母亲见到我的鼻子里面有个白东西，后来到医院用钳子夹出来，是条蛔虫，高烧四十度，肚子里的虫子也待不住了。就这样连日高烧，每天都被他们从头到脚裹得严严实实。那个时候，尽管昏昏沉沉的，我口中却念叨着母亲。只有闻到她的味道，我才会安静。当然，我的哭闹在那时已经变成了几声含混不清的哼哼，丝毫没有力量。每天我们都要去医院打针，应该是青霉素。我被母亲背在背上，因为不能见风，除了包裹住我的背带，他们在我头上还搭了围巾。我有气无力，用手想把挡住视线的围巾拿走，但他们包裹得实在严实，我没有办法拿开。我只能在母亲温暖的背上体味她走过的那些坡坡坎坎带来的颠簸。我的眼睛只能往下或者往侧边看，透过围巾看到若隐若现的图像，直到医院熟悉的碎石子路出现，我就开始哭。“我不去医院，我不打针，求求你妈妈、爸爸！”打针之前，更是用尽全力哀求医生，让医生哭笑不得。每一次打针的过程都艰难无比，据说即便是父母两个人，往往都还摁不住我，我的小身体是那么绝望、固执。他们按住我的背和屁股，我的头依然仰起，屁股硬得像块石头，最后必须要外婆出马，把我踢动的双腿紧紧抓住才能够完成。

我扛过了麻疹。我的病好了，春天也就到了。

九

春天到的时候，在通往阳房社的那条小路上，枯死的草又活了过来。它们一点一点地变绿，山上的树也是，枝条开始冒出嫩芽。等那些翻卷着的叶子逐渐舒展开来的时候，春天就彻底地在里庄扎下根了。

风还很大，尽管一天天暖起来。母亲告诉我很快就要跟父亲去成都上幼儿园了。母亲的肚子也一天天地大起来，她和外婆跟我讲，马上我就会有个小弟弟了。我心里不同意，我要一个妹妹，和青玲的妹妹一模一样的妹妹。

篮球场的中央，有一个十多级的台阶，台阶上正对着的是一个又大又圆的木门。木门生在白色的墙壁上，而白色的墙一边连着武装部，一边顺着地势往下延伸到大门。这圆形的木门是区委的后门，通常，它会在里面锁上，但有的时候它会被打开。经过这道门，朝左，就是通往阳房社的那条崎岖的羊肠小路。那条小路是真正的山路，时而盘旋在森林里，时而被小溪阻隔，总不平坦，却风光无限。

阳房社住着我远房的舅舅一家，我的表姐和她的弟妹们就在那里，还有我慈爱的姨爹和姨娘。那里有好多好吃的、好玩的，我的许多不切实际的愿望都可以在那里得到满足，我因而特别想去。在路上，我时常看到不同颜色的小鸟，还有跟我一样蹦蹦跳跳的野兔。踩在野草上面的感觉让我开心，只要有一个稍微开阔一点的地方，我都会停下来采野花，追着蝴蝶跑。母亲带我走这条路时总是紧紧抓住我的手，但我不喜欢她那样用力，急着想要甩开她。

我们常常在路上遇到一些陌生人，大家微笑着点点头，然后就争着往路边让。我喜欢遇见人，他们会逗我，然后给我一个黄果、一根煮熟的玉米棒或者一个烧好的土豆。走着走着，忽然地，就会走上一个高高的山崖，母亲会把我抱起来，快步走过，我也会一言不发地顺从她。母亲关于山崖危险的恐吓并不会让我害怕，我扭头看山崖下面的坡地，上面开满了密密的野花。如果可以躺在那里就好了，我心里这样想着。

我们顺着山势走，看到小溪在一侧欢快地流淌。山上岩石缝里会有一股股的小瀑布流出来，汇入溪水之中。有些水流并不会沿着山势往下流，它们会突然蹿到小路上来，打湿我的鞋子，这才是使我高兴的事情。有时候大雨之后，路上低洼的地方会有很深的积水，我喜欢踩在那些大大小小的石头上过去，就像是过河一样有趣。我的小布鞋就是这样，每次到阳房社都是湿的。在那里烤干了的时候，我和母亲就该往回走了，回到家我的鞋又是湿的。某一天母亲不想让我蹚水，就会抱起我，越过那一段她认为不好的道路，可是我会在她身上翻滚哭闹，直到被她打几下，或者是她抱不稳我自己滑下来。

看到母亲在家里打扫，我也会好奇地帮忙。看到她扫地，我也要扫，但她动作快，看到我拿扫把，赶紧扫完，把垃圾倒进撮箕里。我哪里会依，重新操起扫把，拿起撮箕，把里面的垃圾依次撒在房间的各个角落里，重新扫一遍。在我对扫地兴趣最浓厚的时候，阳房社的姨爹姨妈到我家里来玩了。姨爹抽叶子烟，抽一口吐一泡口水，他吐一口我就扫一下，但他没完没了地吐，我终于还是累了，我把扫把递给他。他先是一愣，后来和我姨娘一起大笑起来。“几几，你女儿太聪明了，我吐口水她有意见了。”

我知道大家都爱我，因而我特别黏人，也特别会撒娇。他们叫我“大眼睛”，我会“唉”地答应，他们叫我“塌鼻子”，我便默不作声。看到很久不见的阿妈果果，我会扑在她的怀里说：“想你心都想疼了，昨晚都梦见你了。”大家一致地跟母亲说，没见过这么聪明的娃娃。高音喇叭里面放的歌没有我不会的，尽管我不懂歌词，但会完整地唱出来。半夜里母亲拉肚子，会把我也抱着去，我想是因为她害怕，我在黑暗中等她，编出故事来让她开心。

父亲终于来接我了，母亲抱住我哭了好久，我有点怕。但是我跟父亲坐上客车的那天，看着窗外流泪的母亲和外婆，我也哭了。父亲擦掉我的眼泪，给我讲故事，我听了一会儿就不想听了。我们坐了很久的车，我还是可以看到雅砻江，父亲说看不到的时候就到县城了。可是我那么想一直看到雅砻江，却又想着快点到县城，快点到成都。

当拐进那个可以望见那条不寻常的大河的区域的时候，嘎乌拉达就安静地出现在我们面前。父亲指着车窗外对我说："你看，嘎乌到了。"是啊，这是嘎乌，生养母亲的地方。我跪在座位上，看向窗外，想起那些石头、河流、雪花、火塘和干柴。

十

嘎乌所在的地方是森荣乡，属于二半山区。母亲下乡的时候，或者她一段时间在县城开会的时候，外婆便会把我带回嘎乌。我们会住在小舅家里。除了大舅和小舅，母亲并没有其他兄弟姊妹。

在里庄，我是千方百计地要摆脱外婆，可是在嘎乌，我是那么离不开她，随时都黏着她。她看起来很享受我对她的依恋，尽管我的目的并不单纯。我讨厌母亲不在的时候到嘎乌，在我的印象中，嘎乌仿佛一直都是冬天。那些表兄弟和表姐妹们都不穿鞋，舅舅和舅母也不穿，他们都赤着脚。两个舅舅其实都有一双鞋，是母亲买给他们的，可是平日里他们都不舍得穿。他们的衣服都是很旧很脏又很破的，我的心情因此变得很坏。全部亲戚都来看我，邻居们也来，来看成都娃娃。他们羡慕地看着我，在里庄是这样，县上亦然。我把头埋在外婆怀里，大声说让他们走，大家更加吃惊地看我，大人们咂咂嘴说："脾气不好。"小孩子们就都围过来了，大我一些的开始拉拉我的衣袖、摸摸我的头发，好奇地看我。我又在外婆怀里嘟哝了几句，他们听不懂，可是都笑眯眯地不走，就这样，大家都僵持着。

外婆一步不离地跟着我，外面是那么冷，飘着雪花。我本来是想在雪地上好好玩一下，打个滚儿，或者就这样一直躺在雪地上，和漫天飘飞的雪花一起跳舞，或者像玩沙子一样堆一个雪做的山包。可是除了日泊和木加他们几个大一点的表哥去背柴了，其他人都围坐在火塘边，一动不动。舅母早早地出去，回来的时候会背像小山一样高的落叶回来。没有窗户的大房子里，大家都围坐在有三个锅庄石的火塘边。我们烧的柴都是湿的，烟气很大，我的眼睛睁不开，会流泪。烧着烧着，柴火自己会噼啪地炸响，吓人一跳。下雪的时候，只有我一个人高兴，他们用彝语说天气坏透了。日泊他们回来的时候，柴会放在院坝里，他们一个披着单薄的擦尔瓦，一个穿着一件看不清楚颜色的外套，应该是母亲买的，她爱他们每一个人。他们进门的时候也会裹带一些雪花进来，透过他们可以看到门外暗灰色的空中密密地飘着雪。他们嘴里冒着白气，嗞嗞嗞地喘着气，身上还有没来得及化掉的雪。只是他们都赤着脚，脚板上都是泥。在门口，他们会蹭一蹭才坐到火塘边，大家都往一边让一让，他们就坐进来了。我的眼睛一直盯着他们的脚看，那脚底是一层厚厚的老茧，像垫了一层塑料鞋底。那些肉做的鞋垫曾走过小石子路，踩过荆棘，也踏过雪地，最初会流血、会结痂，反复之后就不会有感觉了。他们赤脚踩着雪回来，身上还有外面冷空气的味道。他们的鼻涕会始终挂在鼻子下方，而脸上往往被风吹得又红又皱，有的地方会裂开，露出一两道血口子。我转过头看正在火堆里翻洋芋的外婆。“我要和他们一样不穿鞋在雪地上玩。”

天气好的时候，他们有的去找猪草，有的放羊，有的砍柴。院坝里会有许多小鸡，我跟伍兹嫫、青青嫫他们一起玩。但是不管再小的小孩子都要劳动，我是喜欢劳动的，可他们认为我是在搞破坏，并不欢迎我加入。我不喜欢他们，可是我已经开始跟在他们后面，追着他们跑了。外婆追着我，我追着他们。我们在田埂上坐下来，他们交给我一个硬币，再递给我一个圆根，然后教我用硬币刮圆根吃。用硬币刮的圆根是天下最好吃的圆根，那么甜，比白糖还要甜。然后他们教我挖地瓜，看着他们在山坡上抓住地瓜的须藤，一下就拔出来了，我高兴地大声叫起来。

这样开心几天之后，更多的时间则会无聊，只剩下我和外婆孤零零地守着房子。我站在用石头垒起的院坝外面向远处眺望，因为这样我就可以看到木加家的房子。还有其他亲戚的家，都离得不远，我想看到人，也想让他们看到我。我更想就这样看到我的母亲，想象着她笑意盈盈地走向我。

十一

母亲始终没有出现，我开始难过。我听外婆用彝语跟他们讲说，哭两天就好了。我一听更加烦躁难过，大声反驳她："我要一直哭，一直哭！"果然，我实现了自己的诺言，不间断地哭，连续不吃饭，他们开始慌乱。"妈妈，我的妈妈！"我边哭边捶打自己的身体，他们从来没有看到过这样的情况，一个小孩子像成年人一般撕心裂肺、捶胸顿足，我不想在嘎乌，我要我的母亲，我的小伙伴，哪怕是小毅哥都可以。在外婆的哀求下，小舅放下农活，背着我，一路走到县城找母亲。应该说小舅原本是希望路上有车的时候搭车的，可是那天路上一辆车也没有，唯一一辆从里庄来的客车因为满员，司机并没有停车。就这样，我的小舅背着我从早上出发，一直走到下午才到县城。不巧的是母亲与我们擦肩而过，在我们到县城的时候，她已经搭上便车在返回嘎乌的路上。小舅马不停蹄，背着我继续往回走，据说我在路上一直自编自演地唱了好多歌，应该是想着快要见到母亲才那么兴奋。小舅上过几年小学，还能听得懂我唱的是什么，我们回到嘎乌的时候，夜已经深了。还记得我从小舅的背上被母亲抱下来，母亲的眼泪和亲吻落在我的脸上、头发上、手上，延伸到我身体的其他地方。我不愿意醒过来，我感到无比快乐，在这样甜蜜的抚摸中，我沉沉地睡过去。

母亲在我身边的时候，是我真正爱嘎乌的时候。一样的亲戚们又都重聚在一处，不一样的是终于有人能够跟我交流、听我说话了。亲戚们始终是爱我的，可母亲在的时候，我更加喜欢他们。母亲在一旁充当他们的翻译，解释他们的行动，让我感到安稳和自在。我们在大河边洗衣服，阳光是那样炽烈，晒得石头发烫。我坐在石头上面，看母亲一件件地淘洗衣物，然后再把洗好的衣服铺展开晒在石头上。母亲带着一群小孩，有侄儿侄女，也会有些堂兄弟姐妹或者长辈，大家前呼后拥地簇拥着我们，有好吃的、稀罕的都拿到小舅家里来。大家在傍晚的时候就陆陆续续地到小舅家来看母亲，聊天。母亲回嘎乌的时候都会带一壶酒，带一些水果糖。在火塘边，小孩子们一人一颗糖含在嘴里，大人们则围在火塘边一边喝转转酒，一边聊天。母亲在我便不会哭闹，很安静地坐在一旁。我一会儿坐在母亲怀里，一会儿又坐在小舅的腿上，那些姨娘和舅舅们想抱抱我都不行。一些阿普阿玛（爷爷奶奶）把他们像老树皮一样皱的手放在我的头上，我乖乖地看他们，并不反对。当脏脏的刚刚会站起来的五力扶着我想要靠近我的时候，我嫌弃地看向母亲，露出讨厌和紧张的表情，母亲会点点头说："哎呀，你们看，小五力知道是表姐，他喜欢表姐，表姐好懂事啊，那么爱自己的表弟。"之后我会立刻在他靠近我的小脸上找一块不那么脏的地方，快速用嘴碰一下，然后使劲地擦自己的嘴巴。大家爆发出一阵笑声，然后是一阵赞叹。我坐在母亲的怀里，听他们讲话，看火塘里的火焰，还有那些快要燃尽的炭火，忽明忽暗地挣扎。我慢慢地睡去，火光会让我的脸发烫，我会扭动身体，发出不舒服的声音，母亲会一边跟他们说话，一边调换姿势，于是我再一次沉沉地睡去。

清晨公鸡叫的声音听起来让人更不想离开被窝，母亲把我从床上拽起来，这种不愉快的体验无论在任何地方都不会改变。我永远热爱床，热爱它给予我的安稳和实在。尽管嘎乌的床不好看，没有上漆，而且响动很大。我看到我的两个表哥睡在火塘边，其中一个是大舅家的木加，小舅用很大的声音催促他们起来劳动。

十二

脑子里挥之不去的画面是我和小舅母、外婆在院坝里的场景。小舅母背上背着我的小表弟，身边站着的是生了病的五和，远处是忽而在院坝里，忽而在屋里停不下来的外婆。小舅母坐在院坝里一件展开的擦尔瓦上，我也跟她坐在一起。她跟前有一堆羊毛，放在一个竹编的很平坦的篮子里，手上拿着一个缠着线的纺锤。尽管我记不太清楚她是怎样捻线的，但她劳作时朴素高贵的样子深入我心。

小舅母是我这一生见到过的最美丽的彝族女人，她身材修长，虽然没有婀娜起伏的线条，却使她看起来更加干净利落。她的头并没有高昂着，甚至大部分时间因为劳作，都是半低着的，但她看起来却是那样优雅素朴、落落大方。她的眉眼深沉秀气，充满善意。我从来没有听她讲过别人的坏话，也没有听到过她有一句抱怨，更没有看过她跟人争吵。在我的记忆里，她似乎都在安静地倾听。无论屋里有人没人，她都始终微笑着忙碌，从不多言。我有时候把手伸进她的羊毛堆里试探她的反应，她会满含笑意地看我一眼，仿佛我是跟她一样的大人。我喜欢她这样看我，我会慢慢站起来走到她的身后，从后面抱住背在她背上的表弟。

她的态度是那样安详和蔼，和火暴脾气的小舅形成巨大反差，就连母亲这样厉害的姑子也常常对她赞不绝口。母亲因此更加偏爱小舅，许多县里的稀罕物品，甚至是成都的好物件都会出现在嘎乌小舅家。小舅自己就是个古道热肠的人，平日里也喜欢济困助人，在乡里乡亲人堆里很有威信。当然，这里面，最重要的应该是大家都默认的木嘎媳嫫茹霍（木嘎老婆能干）。

小舅母戴着黑色的梯形头帕，上面窄下面宽的那种。两只耳朵上戴着两个银耳圈，耳圈上套着一串珊瑚珠子，那些珠子并不大，颜色也深浅不一，有些形状残缺不全，可是却透着某种可贵的神秘。珊瑚珠子串两头分别系着黑色的棉线，棉线是几缕细线组成的，它们一头套在她的耳圈上，一头跟着珊瑚珠子一起垂吊下来，在耳朵下方两三粒珠子的位置上又很快朝上翻卷绑扎在一根藏在头帕里的发辫上。那两串夺目的红色珊瑚，随着她劳作的幅度，在她耳朵左右两侧不停摆动。她穿着一件宽大的斜襟素色衣服，前胸有细致的、用布条盘绣而成的云纹和水波的图案，顺着领口往开襟的下端走，这些深色的花纹也同样出现在衣袖的中段。她的衣服外面套着一件厚厚的羊毛背心，背心的腋窝处连着肩膀的位置绲了一圈雪白的羊毛，衣服下面是针脚细密、深色的曳地百褶裙。她拖着长长的裙子，步态从容安静，宽大的裙摆并不能阻碍她的忙碌。我们这些孩子时常在她裙摆四周晃动，有时也扶着或者扯着她裙子的一角。她像一个高贵的劳作者，无所谓周围的眼光和意见，只安然做着自己的事情，从不慌乱迷惘，在尘土中来去忙碌，充满了静雅迷人的姿态。

小舅和舅母带着糖和五和到县城看病去了。没有糖、没有小人书、没有母亲、没有玩伴，我又开始陷入孤单和难过之中。往往在我烦躁不安的时刻，总会有事情发生。一天，我正在屋里跟邻居家的小孩一起玩，外婆突然冲进门内抱住我，大声抽泣起来。他们平日里也有抱着我流泪的时候，但通常都是笑着的，还会逗我。可是那天，空气被愁闷悲伤的情绪凝固了。没等我从外婆的怀里挣脱出来，人们一下子从四面八方拥进小舅家，屋里很快挤满了人。我看到人群中小舅抱着五和，旁边是痛哭着的舅母。小舅用双手托着自己已经死去的儿子，嘴巴里在唱说着什么。人们一个个进屋，坐下，高声哭泣，边哭边唱。外婆紧紧搂着我，我已经知道死去这个词，所以场景让我感到难过和不安。

五和死了，我的小表哥，死于百日咳。我看到那个装有糖果的绿色军挎包鼓鼓囊囊的，不知道为什么，我不再惦记那些糖果会去哪里，我为五和难过，我知道他再也吃不了那些糖果了。我为我的舅母难过，她的眼泪从她好看的脸颊不断流下来，打湿了她的衣衫，她嘴里却在唱着那些忧伤的旋律。那些忧伤的旋律和唱词后来成为最深刻的记忆，印在我的脑海里。

十三

小舅母变得更加寡言，态度却和之前一样，温和安静，也是成天地忙碌，眼泪时常会偷偷滑过她的脸庞。时间过得那样快，我也在飞快地长大。等到舅母脸上的眼泪快干了的时候，夏天也来了。夏天的嘎乌我待得时间太短，人们依然是各忙各的，我从里庄回来，他们也来看我，可是不会像外婆一样成天陪着我。

再是夏天，嘎乌也不会有里庄热，没有穿短袖和小裙子的机会。孩子们也依然和冬天一样赤着脚，但夏天他们应该会舒服得多。我已经有一些朋友了，只是再次见面，大家先都会拘谨一些。我更多的是想和邻居的小孩玩。有几个小女孩都是邻居的孩子，也沾点亲，加上走动也勤，她们不劳动的时候就跟我一块儿玩。我和母亲一个堂哥家的女儿阿佳嫫几乎天天一起玩，在和邻居家小孩儿发生矛盾的时候，我们俩往往同仇敌忾，无论我怎样犯错，阿佳嫫都坚决维护我。因为语言的问题，彻底的沟通是困难的，比比画画加上半生不熟的彝语，我可以加入她们。我们常常争论，里庄好嘎乌撇（差劲），日泊好，那几个小孩的哥哥们撇。即便是我一个人，也喜欢争论，也必须赢。往往也是我赢，因为她们不喜欢一直坚持，我却可以。有时候我们吵架之后互不理睬，尽管我心里很想加入她们，但我宁愿尾随她们，远远地站在一边看，也绝不投降，主动跟她们讲话。

有一天远远的，阿佳嫫和我看到邻家小女孩中的一个，举着一根棍子，被周围一群孩子簇拥着朝我们走来。她高高地昂起头，把棍子举在头顶，朝我们示威："我哥哥捉到鱼了，日泊抓不到，衣服也冲走了。"我听懂了她的话，尽管是彝语。但听懂的同时我感到自己已经输了，我睁大双眼，看着穿在棍子上的那条鱼。我当然吃过鱼，我只知道雅砻江有鱼，并不知道所有江河都有鱼，更何况这是嘎乌的鱼，而且是那女孩哥哥抓的鱼。我一句话说不出来，阿佳嫫呆呆地看着我，我的呼吸开始急促，我一着急往往所有人都看得出来。那条鱼虽不大，但我是第一次看到鱼以这种方式出现。我吞了一口气到喉咙里，努力让自己镇定了一下，双手叉在腰上，大声对他们说："你的鱼是死人吃过的，五和吃过的。"我说的是汉语，他们费了一些力气，几个人在一起低声说了几句之后才弄明白我说的话。之前洋洋得意的小女孩眼泪一下就盈满眼眶。"你乱说，我要告诉你外婆和日泊妈妈，揍死你这个成都娃儿！"说完她把棍子交到旁边另外一个孩子手上，气急败坏地跑开了。看到她的气焰被打掉，我跟阿佳嫫高兴地往回走。

半道上外婆和日泊来找我了，外婆一把抓住我，把我翻转过来，按在她腿上，在我屁股上狠狠地打了几下。我从来不怕外婆，一边挣扎，一边大声叫骂。等我挣脱出来，就恼羞成怒地朝日泊冲过去，用脚踢他，嘴里不住地骂他："就是怪你没有捉到鱼，那本来是我的鱼！"踢完日泊我边哭边朝公路的方向走，说不跟他们回家，要回里庄，回我自己的家。外婆急忙叫日泊把我抓住，两个人抱住踢打哭闹的我朝大舅家去了。那天晚上，我和外婆住在大舅家里，我一直哭到很晚，直到外婆说打错了。外婆当然没有打错，听了邻家小女孩的话之后，小舅母便开始伤心落泪，外婆怕我回去乱说话让舅母更难过，把我带到大舅家去住了一晚。谁都知道我是外婆的心头肉，她对我的爱与担心超越了她的所有孙子。第二天小舅母就来大舅家接我，我高兴地扑向她，她抱着我往自己家走，她认真地看我，长长地叹气。

小女孩间的战争来得快也去得疾。我和阿佳嫫跟那几个小女孩天天吵架，可是又离不得，我们很快就又在一块儿玩了。她们的哥哥有时也跟我们一起玩，但会被日泊他们笑话。有天他们带我去找小水潭，小水潭实际上是一个泉眼。那地方有点儿远，在树林里面。树林里阴森森的，我有点害怕。我们一起走到一个平坦的地方，走着走着便感觉到地上软软湿湿的，我们再朝前走了不远，就到小水潭了。小水潭周围都是蓬勃的草，阿佳嫫应该到过这个地方，她看起来并不奇怪。我们蹲下身来，看到凹进去的地面上一个圆形的蓄满水的小池子，表面只有一口锅一样大小。水很清，但是可以感觉得到水很深，像一个沉在地下的大水缸。我们全部盯着深色的水潭发愣，我想把手伸进水潭感觉一下，刚刚这样想，就有个男孩先我一步把手伸进水里，不知是谁的棍子狠狠地抽在他的手上。“这水是不能碰的！”我吃了一惊，正在庆幸自己没有被打。阿佳嫫一边跟我说一边站起来：“有时候他们会来这里背水，自己要带舀水的大勺子来才行。”我点点头。“这水你舀不完，舀多少地下就会冒多少出来。”邻家女孩眨巴着眼睛补充说。我呆住了，更加感到神奇。“那这些水是怎么冒出来的呢？水的下面是什么呢？”我自言自语，没人可以回答我，我并不等待答案。要知道平日里他们的问题都是由我来解答的，无论男孩女孩，比我大或者比我小。可是眼前这个让我感到新奇的水潭，那一汪深不可测的水的下面的问题却是我无法解答的。我感到遗憾，又感到兴奋。在回家的路上，他们找到碗形的树莓果给我，有红色也有黄色的，酸甜酸甜的，我很喜欢。可我并没有忘记之前小水潭的事情，我手上拿着一大枝他们为我摘的树莓果，满腹疑问，心事重重地走在路上。

许多年之后，那辆把我带出里庄和嘎乌拉达摇摇晃晃的班车时常在我梦里浮现。我是那么依恋那些澎拜的江河、静穆的群山、迷人的小镇和甜蜜的村庄，还有爱我的人们。在我思想的深处，对于这一切，我从未有过一刻的背离。他们于我而言，不仅仅是温暖的影像，还是行将流出的泪、无法表达的爱、彻底的幸福和不可描述的高尚。我以它赋予我的炽烈和纯净，激活了我身体里的其他美德，在探索未知世界的过程中始终充满力量。

我之后亲历并见证了无数美好欢乐的时刻，而那些内心深处的愉悦却从未超越在里庄和嘎乌拉达的童年记忆。我深深地知道，许多人口中时常提及的力量、光芒与见识，其实，在我幼小的时候，我的故乡，就曾让我深刻地领略。那盛满生命之爱的庄严和珍贵的美酒，让我一生沉醉。我因此豁然大悟，原来我拼尽全力想要抵达的远方，竟然就是给予我灵肉骨血的我的故乡。

（原载《人民文学》2023 年第五期）

成都记忆

成都记忆

我是一粒远方的种子，多年前被风吹带到这个城市。我跟随我父母的身体来到这里，成为诞生在这里的孩子。我在这个叫蓉城的美丽土地上扎下深根，也在这里开枝散叶。我的名字连同我的姓氏都和她关联深切、血肉同体。

一

我童年的成都记忆应该是冬天里的大雾，湿漉漉的空气；夏天灰蒙蒙的太阳，忽然而至的暴风雨；还有春天公园里盛开的花，秋天满街梧桐树掉落的叶子。正点的 16 路公共汽车永远都是拥挤的；二八圈的永久牌自行车也只有很少的几辆；没有一环路，更没有二环和三环；房子几乎都是两三层楼，筒子楼里隔壁哥哥挨打的声音；楼道里蜂窝煤的味道夹杂着各家的饭菜香。过去的成都不大，可却是那么有趣热闹、繁华异常。

西南民族学院就坐落在田野的一侧，我的家就在那里。民院东校门直直对着的就是浆洗街，那里原本有两座挨得很近的桥。一座出了校门走两步就看到了，桥很小，水流也很小。另一座要大很多，连着长满梧桐树的浆洗街，过了桥再走一小会儿就到了。大桥的桥身下面，有几个圆形的桥洞，河水从那些孔洞里奔流而下。也不知道这两座桥哪一座才叫洗面桥，没人告诉我们它们的名字，我们只知道，那整个片区都叫洗面桥。想来那河水曾经无比清澈，可以浣衣洗面、淘米做饭。成都女子的好肤色也应该归功于这些随处可见的湖泽水沟。洗面桥的河水流到后来，便不再清澈了，因为隔壁皮革厂污水的排放让河水渐渐变了颜色，污浊难闻，每每经过，必得掩鼻而行。那桥对于孩子们而言，是一道与外面世界的分界线。里面是家和学校，外面是街道，再远就是被称作城里的地方了。

洗面桥小学是我的母校，它有一栋四层的教学楼和拥挤的操场，民院的孩子都在那里上学。在民院东校门往前十字路口另一端的巷子里，往深处走便是新蓉小学。除了大街上是漂亮的水泥地，小巷子里，连同我们上学的路面，都是凹凸不平的土路，下点雨，就会满脚泥泞。我们都讨厌下雨，因为会弄脏布鞋。而那

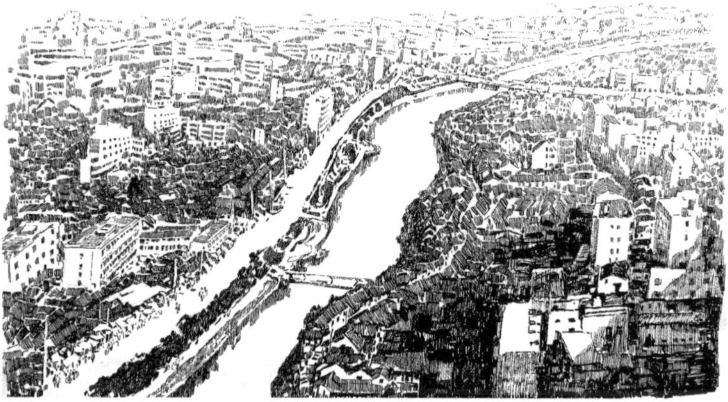

时候，大家都穿布鞋和胶鞋，皮鞋很难见到。当然，有一天我忽然变得开始喜欢下雨了，那一定是因为我得到了一双塑料雨靴。我跟小伙伴走出东校门右拐，经过新蓉小学，到的最远的地方是电缆厂。我们玩玩走走，无止境的农田常常让带路的小伙伴误以为是迷路了。但最终我们还是会走到电缆厂，溜进厂里带走几卷电缆。

民院南校门和西校门走出去就是农田，一望无际，远处是稻田，近处是菜地。农民们把菜一直种到学校门口，一出校门就是一大股大粪的味道，臭烘烘的，一年四季都这样。可是似乎并没有人在意这些味道，因为它们跟农田在一起，就显得无可辩驳地自然和美好，让人倍感亲切了。下雨之后的早晨，泥土的清香味儿就会蹿出来，盖过那些不好闻的味道。那种清香是那么丰富，带着一点油气，仿佛它的深厚和肥沃甚至可以种得出一群人来。白菜、莲花白、茄子、油菜、苦瓜、辣椒、花菜、四季豆、冬瓜、南瓜就这样在地里、在藤架上生长着，道路也这样在农田之间曲折地展开。在路的两侧，每隔一小段就会有一个四四方方的化粪池，像镶嵌在道路上的地雷，跟路一样平。每次经过，我总会幻想自己掉进去的情景，因而特别小心，总是忧心忡忡地绕着它们经过。终于有一天我还是亲眼看到一个我讨厌的男生掉进去了，看到他满嘴大粪，被人捞上来时的惨状，我忍不住大笑。经过西校门的农田，最想到的目的地便是南郊公园和武侯祠。而且，那里还有 1 路公共汽车，它的终点是我最喜欢的动物园。

周末或者是假期，我时常跟小红和几个院子里的小伙伴到南郊公园玩，于是，隔壁的武侯祠也跟着就成了我们的目的地。小孩子混票还是很容易的。南郊公园并不能长久地吸引我们，武侯祠却可以。

武侯祠永远都那么干净，而那些泥塑的人物又是那么威武神秘，隔着两三步就会撞着一块匾或者一个碑，上面写满了字。每进到一个殿堂，都会看到几重门，还有各式的走廊，门楣上的题字，柱子两边的对联，这些物件全都流泻出一种古老的意境，既陌生又熟悉，让人肃然起敬，不愿走开。赭红色的围墙有一种不可侵犯的森严，几竿翠竹端立一侧，便化解了那份冷冷的戒备，显出几分亲切和典雅，让我们说话都跟着变得轻柔起来。我们认真地读那些写在匾额上的字，可是很困难，因为我们本来也不认识几个字，加之不懂书法，更是如读天书。武侯祠的园林很讲究，竹林和松柏是主体，那些石头也垒得不一般，院子里安静肃穆，过往的人不多，即便交谈也是低声细语。在这里可以看到外国人，还有很多衣着时髦的人。人们擦肩而过的时候眼神友善，彬彬有礼。隔壁公园旋转木马的音乐声夹杂着人声，嘈杂喧嚣，热闹异常。这一切，都与安静神秘的武侯祠形成鲜明的对比。这两处截然不同的景致却有一个圆形的古色古香的小门相连，我们常常趁人不备就溜过去，通常是从南郊公园溜进武侯祠。我们坐在武侯祠那些安静的竹林旁边，或者待在假山背后的松柏下面，讲着听来的鬼故事，有时候也会偷看那些躲着人群谈情说爱的恋人。冬天的阳光照在庭院里的贴梗海棠上面，红色的单瓣花朵密集地开在黑色的枝干上，因为没有叶子的衬托，那花显得孤单和特别。一些花蕾也在硬得像钢条一般的枝条上静静等待着，尖尖的红色花蕾，让人内心涌起快乐的希冀。黄昏的时候，因为人少，这里会变得格外安静，忽然一阵风过，会带出一些奇怪的响动，让人感到害怕。我们会带着那些没有讲完的鬼怪故事匆匆地逃出大门，顺着来路，小跑着穿过田野，回到民院的家里。

青羊宫和文化宫是紧挨着的，跟武侯祠和南郊公园的布局一样，可是因为要坐几站公交车，所以，每年除了春节前后的灯会和花市，我们是不常去那里的。

二

是的，灯会是让人憧憬的。因为那意味着过年，它跟压岁钱、好吃的、好玩的、鞭炮和焰火是联系在一起的。过年的时候，我们会跟着父母坐车到文化宫看灯会。记得公交车被塞得满满的，坐车的人要排很长的队。从民院上车，尽管只有几站就能够抵达目的地，但因为公交车是城里唯一的公共交通工具，灯会期间，周围县城的人都会到城里来看灯过节，人流如织，车少人多，所以拥挤不堪。

记得每一次看灯会的路途都遥远艰辛，但就像是一项必须完成的使命里所包含的先苦后甜的规则，让我们从来都没有怨言。每到一个车站，人们都只上不下，车厢里拥挤得连一只蚂蚁也塞不下。小孩儿们夹在人缝里，根本无法动弹。我们的脸跟鼻子通常都死死地贴在大人们的肚子上、腰上、手肘上，各种质地的衣服让我们的脸承受全然不同的感觉。棒针毛衣扎脸，呢子大衣太冷太硬，只有棉服最暖。我们没有办法阻隔周围那些干扰我们的力量，只能被动地接受它们。当力量超过了我们的控制力，一些口水、鼻涕或者半颗糖会留在陌生人的衣服上。每一个站，我们都会被再缩小一点，无论车上有没有空间，都有人不顾一切挤上来。售票员敲着铁皮售票箱，对着拥挤的人群不断喊："新上来的买票！"我们被挤在各种棉服和大衣之间，根本没法呼吸。如果售票员再从座位上下到车厢里卖票，那简直就是我们的灾难。他们一般来讲是看不到我们的，于是，那个凝固得像铁砣一般的空间就会再度被生生地刨开，我们的脚、脸和身体都会遭殃。不过，我们终究是会到达的。当我们被父母硬拽下车时，往往会感到我们身体的一部分似乎也被挤落在了公交车里。是的，一根发卡、一颗纽扣，或者是一只鞋、一块结了痂的疤。

从进大门开始，我们就兴奋快乐起来。就像是为了弥补我们的艰辛，每一次的灯会从来不会让我们失望。门口那些巨型的灯造型就像是全场的主角和核心，总是让我们目不暇接。有一年它们是蛟龙入海，有一年是寿星捧仙桃，还有一年是三打白骨精，记得有一年是铁臂阿童木的造型，让我们着实兴奋了好久。那些纸、丝绸或者新奇的材料糊制成的花灯，大小不等、色彩艳丽，它们装点着公园里的树、亭子、桥还有湖，美不胜收。公园里临时搭建的楼台、舞台、转台、灯柱等建筑上都有花灯，它们有的是一个完整的民间故事，有的是灯谜。神话传说和小说故事里的人物都会在那天一一出现在我们面前。我们开心地猜他们出自哪一部作品，之后便捂着嘴笑着说像极了，或者带着一丝遗憾说一点都不像。王母娘娘带着仙女们在开蟠桃会，仙女们五颜六色的纱裙会让我们流连很久。红孩儿和二郎神在一起，孙悟空正在四处寻找白骨精。牛郎和织女在鹊桥相会，大家都笑牛郎的扁担太细了，挑不了两个装着小孩的箩筐。猪八戒误入潇湘馆撞上林黛玉，哪吒的风火轮很威风，鲁智深在倒拔的不是杨柳，而是桃花树……那些花灯诙谐有趣，充满了智慧和创造力。

我们总是会先看灯，然后再吃小吃。因为逛灯会吃夜宵是必需的程序。小吃摊一家紧挨着一家，就摆在公园里花灯最集中的地方。我们最后总是在那里集中，只不过每一次的时间不一样。口袋里的压岁钱就是专为这些年节里最快乐的时光准备的，于是，我们三三两两地在这里游荡，进进出出，酸辣粉、钟水饺、赖汤圆都是小份的，三大炮我嫌它太腻了，糖油果子我们最喜欢吃，几个人买一串，一人一颗地吃。有一次我的压岁钱弄丢了，每份小吃小红和我都是一人一口地搭伙吃的，酸辣粉的汤也是一人一口地喝的。全天下最好吃的小吃都没有灯会上的好吃，我们在大冬天流着汗，窜来窜去地追着玩，一会儿就又想吃东西了。高音喇叭里，除了音乐声就是小孩子走失了请大人去认领的通知。

回家的时候，公交车一样地挤，我们慢慢排着队，有时候我会扑通一声一下子坐在地上，迷糊中又被母亲从地上拽起来。是啊，我们太困了。越是快乐，我们到后来总是越疲惫。在车上，大人们拉着我们的手，生怕我们跌坐下去被踩到。每一次，回程的车上我都站着睡，公交车载着我的甜梦，一路缓缓地朝家的方向摇。

三

过去成都的冬天比现在冷，不常下雪，早晨草地上常常会结一层薄薄的霜，远远地泛着青灰色的冷气。因为爱起大雾，空气总是很潮湿，屋里比外面更冷。我们都穿棉袄、棉裤和那种叫“抱鸡婆”（侧面看形状像只母鸡）的棉鞋，也戴手套和风雪帽。我们的手和脚在冬天都会长冻疮，有些地方会破皮，渗出血来，之后会结痂，也会痒，然后一碰就又出血。我的手套常常不知去向，回家被问起只有撒谎，就这样，父母看到我把手抄在袖管里面，或者藏在衣服口袋里就知道我又弄丢了它们。

冬天，满大街的小贩都出来摆摊，有玩的、吃的，用自行车和三轮车驮着卖，也有把物件摊在地上卖的，应有尽有，让人开心。纸糊的彩色风车是我们最爱玩的，风车是竹编的，外面糊一层五颜六色的纸，风一吹，车轮一样转得飞快，那些交叉的轴因为速度，模糊成五彩的圈，特别好看。还有就是彩色皱纹纸做的两根小棍子支着的花翻，用手拿着小棍直着翻是花篮，背着翻是一座桥，扭着翻又是一条龙，一翻一甩，它就会呈现出不同姿态，神奇得很。最好吃的糖油果子是糯米做的糖串儿，在油锅里滚了一圈油捞起来，沾点芝麻串上，又糯又软又甜。看人转糖饼是我们最喜欢做的事，运气好的话，我们会转到龙，那一天我们会举着那个红糖浇出的薄如蝉翼的姜黄色的糖龙四处招摇。有一些小贩，推着笨重的炉子，上面堆满了烤红薯，热气腾腾、香气扑鼻，让人看一眼都馋。洗面桥小学门口摆摊的特别多，他们背着背篼，卖葵花子、南瓜子、豌豆和胡豆那些炒货。我们喜欢围着卖大头菜和萝卜干的，他们的生意最好。一分钱就能夹一筷子，放你手心里，这时候大家都羡慕那些手大的，因为筷子夹的多少全看手掌的大小。大头菜都切成丝，酱过之后拌一点辣椒，又香又辣，很过瘾。大家排成队，拥挤在一处，相互推搡着在校门口买那些好吃的，好像这也是学习的一部分。

一年级的时候我们赶上了积肥和收废铁。尽管只有一年的时间，而且对用途始终很模糊，可是知道国家需要，做起来就感觉很骄傲。在筒子楼里，中小学生挨家挨户地收烂了的菜和被择掉不用的菜，把它们放在塑料网兜里，再交到学校。收废铁要难一些，坏了的门锁、刀具、废旧的自行车零件都可以，我们睁大眼睛在路上找，一个螺丝帽、一个钉子也不放过。

我家的保姆很年轻，姓王，母亲叫她小王。负责照看我弟弟和妹妹，大概十八九岁，有一个圆圆的脸盘子和一双大大的眼睛，吃得苦，很勤快，是成都女孩，她的家就在洗面桥。

记得到她家要穿过一个小巷子，七转八拐之后才能走到。从破旧的只有一个门闩的门进到院坝里，有三间重叠着的房间，木门槛很高，但看得出来，因为年代久远的缘故，它不再完整。进到一间房里，便可以看到第二间的门，房间里的地面是凹凸不平的三合土，有点水就会在地上形成若干个小水凼。紧挨着的前两间房子都没有窗户，只靠着屋顶上的一片被揭开的瓦片借光。屋里光线不好，很暗，再加上只有破旧的床、箱子、竹椅子，让人觉得压抑。第一间房是她父亲住的，中间那间最小最整洁的只有一张床的房间是她住的，最外面那间稍大一点，是她的两个兄弟在住。推开最外间房那扇朝外的木门，就可以看到一个光亮的世界。那是一个和邻居共有的类似堤坝一样临河的空间，他们把它作为后院，用来晾晒衣物。我喜欢待在那里，除了那条匆匆而过的小河，那里还有用来做隔断的几棵夹竹桃和翠竹，没人照看的大丽花和有着红色花朵的美人蕉。

她父亲有严重的哮喘病，喉咙里时时都会发出那种让人担心和害怕的气喘声，穿着很厚的衣裤，坐在家里唯一一把有扶手的竹椅上，没精打采地打发时间。她的兄弟们因为家里境况的窘迫，几乎都没认真上过学，看到我们姐弟三个，都显出拘谨的样子。但她是那样活泼快乐，似乎她的生活永远都有让她开心的一面。她每天都教我唱歌，给我讲故事，好多儿歌都是成都本地的，诙谐有趣，朗朗上口。她的针线活做得很好，在我的旧衬衣前胸左右两边分别用彩色丝线挑上几针，缝上三根竖线，衬衣立刻就变成一件洋派的新衣服了。她还和隔壁的阿姨一块儿煮蜡烛，让我和妹妹去捡干树枝回来。我把树枝交到她手上，看着她把它们插进花瓶，之后把黄色颜料倒进锅里和着蜡烛一块儿煮。她用铲子使劲儿搅动锅里的蜡烛和颜料，煮一小会儿再用勺子舀一小勺起来，用手挖一点黄色的蜡烛汤水在指头上，然后把手上的那一小块儿逐渐变硬的蜡烛汤往干树枝上的枝丫上小心地捏，之后再看，那些黄色蜡烛汤水已经凝固成一片片黄色的花瓣了，就这样，两下三下，花瓶里的干树枝便化身为一树绽放的蜡梅了。之后，她又用相同的方法做了玫瑰花。她像个魔术师，总有那么多新奇的东西等着做给我们看。看得出来，她喜欢民院，喜欢我家，也喜欢我们。她用母亲不要的旧床单，撕下两截布条来，然后随意扎在两条发辫上，看起来就和电影明星一样好看。我跟她一起回家，看她蹲在地上做泡菜，她的手是那么粗糙，和她的眉眼一点不相称。母亲让我早上吃馒头，可是许多同学的早餐早就变成了面包和蛋糕，还有的会吃油糕或者油条。我心里生气，拿了馒头转头悄悄地扔了，于是她开始在我的馒头里夹上她做的萝卜干，我便又开始吃早饭。

四

记得民院过去有一条长长的河道，在理化大楼前面，河道里的水并不流淌，里面长满了绿色的浮萍和水葫芦。一个个小圆点形状的浮萍安静地停留在水面上，像放在水中绿色的钱币，密密麻麻地布满水面，使河道看起来溢满了生机。水葫芦漂荡在水面上，一个个挺着大肚子，叶片油绿发亮。我们用竹竿去捞水葫芦，看到它的下面长了无数的根须，可以在水里生根，让我们感到奇怪。我们不知道河道有多深，也好奇里面究竟藏着什么。深色的河水被绿色的浮萍遮盖得严严实实。我们捡小石子扔进河道里，溅起的水花，在水里激起一波一波的涟漪，我们立刻凑近河边看，浮萍被溅起的水花打乱了阵形，一些飞出去，落在更远的浮萍上面，其余的在水波的推动下，转着圈，快速地后退，挤在一起。水面露出一小块空白，可我们仍然看不清河里有什么。等我们在河道两旁的竹林里找到足够长的竹竿，准备再度探寻的时候，那些浮萍已经摇摇晃晃地又回到了原来的位置，再一次把水面遮得严严实实。

河道两边长着茂密的竹林，形成让我们喜欢的阴凉隐蔽的氛围。竹子又粗又高，它们总是抱成团地长，一圈一圈，有序地分布在河道两旁。笋壳剥落，厚厚地铺在地上。我们偷偷从家里拿来菜刀把竹子砍下来，取下面最粗的一段，削好两头，然后把带来的米洗好，和水放进竹节里，把用刀削下的一头盖上。在草地上点燃干树枝和笋壳煮竹筒饭。有时候我们的游戏里面会有做菜的环节，于是我们就会在西校门或者南校门外的农田里偷菜来做。

教工二宿舍的前面，有一个水塘，尽管不大，却是我们最喜欢去的地方，我们称之为湖边。湖边湖水很清，四周树、灌木和藤蔓交错生长。所有的植物都长得繁茂壮实、枝叶扶疏，它们的根茎枝叶、花朵果实，无一不散发出一种神秘久远的信息，尽管我们当时意识不到那是经过了时间洗礼才获得的幽深，但毫无疑问，它比任何玩具都具有无可替代的吸引力，吸引我们乐此不疲地在这里探寻、思考、获得。进到湖边并不容易，那些藤蔓缠绕着树和灌木生长，地上、树干上、枝条上，有空隙的地方都被它们填满，使得它们像是围绕湖边修筑的工事。大家都听说树林中间有一个上了锁的木门可以通到湖边，但我们从来就没有见过它，或许是我们有意不去找它，因为我们总是更喜欢通过自己的方式进到湖边。只要趴在地上，钻过低矮的藤蔓和灌木交织生长的那个环形窟窿，就可以来到湖边。奇怪的是，每次我们钻进去，在湖边玩够了之后再钻出来的时候，都会感到那个窟窿似乎又缩小了一些，钻起来更费劲，于是我们中最大胆的人，之后也绝不会一个人钻进去冒险。或许大人们把这里忘了，但我们却很高兴。

钻进那个窟窿之后，必须得脱掉鞋子，因为越是接近湖的地方，土地越是松软潮湿。一到暑假那里就是我们的乐园，我们常常在湖边看那些拖着细细尾巴的小蝌蚪，有时候我们会抓上两只，用手捧着，把它们搬到湖的另一侧。湖的周围开满了夹竹桃，湖边叫不出名字的野花也争着开，蜻蜓、蜜蜂和蝴蝶在花丛中、湖面上翩飞，我们追几步就会停下来，整理被水打湿的裙子，然后退回到湖边上去玩。是啊，暑假的记忆是那样美好，可以持续一整年。

可是春天那么长，一直都到不了夏天，我们会失去耐心，在某一个出太阳的温暖日子钻进那个窟窿里，来到我们的湖边。脱掉鞋子，冰冷的泥从我们的小脚丫里冒出来，我们拖着一脚泥，笨重地沿着湖边走，一走一对脚板印，站久了就是两个小坑，感觉特别爽。黄色报春花沿着湖长开了去，在阳光下特别炫目。玩累了我们就坐在两棵老树之间粗大的枯藤上玩，还记得那个枯藤，藤条粗细相间，像麻花一样扭着，感觉它的年龄跟古代一样久远。我们坐在上面，坐久了，藤条就被我们坐成了椅子的形状。我们坐在上面，轻轻晃荡着，一直到肚子饿得咕咕叫时才不舍地离开。后来，父母担心我们溺水，便编出水里有吸血虫的话来骗我们，我是不信的，可是大家都不去，我觉着扫兴。但是不久，我又开始高兴起来，这个地方成了我和另一个小女生的专属探险地，我们在这里埋了好多东西，有两三颗玻璃珠子、一个鸡蛋、一些树叶，还有一只被人扔掉的拖鞋。我们固执地认为，将来某一天，我们长大之后，这些东西都会变成新的，再次属于我们，至于鸡蛋，会变成孔雀、鸟还有凤凰之类的。

行政办公大楼前面的那块地方，曾经被挖成了几条平行的壕沟，这些壕沟仅仅挖下去一米，便有地下水汩汩地冒出来，我看到工人们用水泵抽水，感到奇怪，那些水是从哪里来的。我会呆呆地站在那儿不愿走开，捂着耳朵看水泵抽水。他们就这样抽一阵，挖几锄头，直到挖到深度和我的身高差不多的位置。我们并不清楚挖这些沟的目的，可是，我们知道，无论什么目的都不能阻止我们用它来玩地道战和藏猫（捉迷藏）的游戏。我们就这样在这些浅沟里穿梭奔跑，用手挖沟壁上松软的泥，然后放在嘴边做一个咬引线的动作，之后狠狠地甩在对面“敌人”的战壕里。那些被砸中的人很快倒地而“死”，没被砸到的还在负隅顽抗。我常常被砸得头上身上都是泥，任凭对面的人反复喊：“你已经死了，癞皮狗，你死过几次了！”仍然顽强地拒绝牺牲，而且还甩出夹着小石头的泥块，让对面的敌人一边哭喊，一边投降。

有一天我们正在壕沟里面玩，就接到有两个人在竹林里面耍流氓的“情报”，我们从壕沟里面悄悄摸出去，趁着黄昏的天色，匍匐前进到现场。果然看到一对大学生，正紧紧抱在一起。我命令大家闭上眼睛，然后自己偷偷观察了一阵。心里想着，他们怎么不搞破坏啊，如果他们是小偷，或者准备做其他的坏事，我会率领伙伴们不顾一切去阻止他们。可是他们只是坐在那里搂抱亲吻，并没有做什么。我们听了一阵也听不懂他们说的什么，但对这两个“耍流氓”的人我们总得做点什么，七嘴八舌地商量之后，我们让最小的孩子拉了一泡屎，捂着鼻子用报纸包好之后狠狠地朝着两人扔过去。在他们发出惊叫之前，我们就已经撤退了，大家飞也似的跑回了各自的家。

周末晚上最让人兴奋的当然是看电影了，民院的大礼堂很大，可以容纳数百人，除了开会搞活动，周末它就变成了电影院。电影总是在周六和周日两天放，每一场都满座。中间的位置是甲票，两边分别都有一个过道，过道两边的位置是乙票。卖电影票的窗口排队的人总是很多，我常常只买到乙票，人们都跟我一样爱电影，憧憬周末。坐在乙票的座位上，羡慕甲票，歪着身子看电影，有时候还会被柱子挡住视线，这时候就只有离开座位，站在柱子边上看。还记得有次放秦怡和陈冲演的《海外赤子》，因为跟母亲顶嘴被罚在家。我眼巴巴地等到电影散场，堵在楼道口，哀求小伙伴跟我讲电影里面的细节。

五

在浆洗街坐上公共汽车就可以到城里去了。盐市口、春熙路这些象征着市中心的街道名让我憧憬，不仅仅是因为城里车水马龙，热闹非凡，更重要的是还有很多好吃的、好玩的、好看的都在那里。可是我是那么难得有机会到城里去，除非是父亲带我去工艺美术商店，我才可以看到和吃到那些稀罕的东西。钟水饺和甜水面，龙抄手和刀削面，每一样都在城里。通常说起进城，我们都会下意识地吞一下口水。民院的孩子最常被父母带去逛的商店就是南桥商店。这家商店是当时成都南边最大的百货商场，尽管没有城里的人民商场和百货大楼大，但我们需要的物件都可以在那里买到。南门大桥就矗立在府南河的外侧，过了南桥，就算是进了城。在南桥商店背后临河的大堤上，也可以远远地眺望锦江宾馆。这座漂亮的苏式建筑一直以来都是成都最洋派的地标。市中心毛主席塑像两侧，始终都飘扬着五颜六色的氢气球，塑像下面有若干级石阶，它们从东西南北四个方向呈梯形向上延展、聚拢。塑像的前面，朝南的石阶上总是摆满了各种鲜花。那些花是那么娇艳好看，不像是南郊公园里的花，几乎没有太多完整的。我们常常坐在石阶上顶着烈日吃冰棍，或者在黄昏的时候，跟父母一起坐在那里吹风乘凉。塑像直直对着的那条路就是人民南路，这条路一直以来就宽阔平直，像是怀着某种使命，一直努力地伸向远方。

府南河自东而南，在合江亭汇集而成。河水不疾不缓，就像这座城市的个性，闲散随意、活泼欢畅，它紧贴着城市中心的边缘流过，像一条切割线，把城里和郊区坚决地分隔开来。府南河的两边是高高的石头砌成的堤坝，它们牢牢地守护住奔涌的河水。两岸的护栏也是石头砌的，隔一段就有一个神兽的石雕在最粗的那根护栏上面端坐。在东边的合江亭之前，是没有府南河的，只有两条各自欢畅的河流，一条叫府河，另一条叫南河。而合江亭，我第一次见到这座古韵悠长的建筑是在十一岁。那天，我跟一帮同学在滨河路骑车玩。骑车进城，这在当时是很酷的事，是大人们的特权。那个时候，我们每个小孩都喜欢骑在父亲二八圈的自行车上耍酷，因为个子小，腿不够长，如果以普通方式来骑，脚是够不着踏板的。所以我们只能够站着骑，蹬不了整圈，左右脚交叉用力踩脚踏板，一顿一顿的，这种骑车方式在当时被叫做“骑三角”。这天我们一拨人从滨河路“骑三角”飞驰而过，一个男孩指着河上的一座建筑大声喊：“合江亭，快看，两条河到这里就成一条了！”“看，是建在河上面的！”有人发出惊叹，我们放慢车速，但大家都没有停下来，我侧过脸看了看那座河上的古建筑，石头砌成的，像桥又像住人的房子，冷冷的，横跨在两岸之间。我们经过合江亭，往前骑了一段路又往回骑。在第二次经过合江亭的时候，我感到了府南河的丰厚和力量，或许是因为它的流向和我的方向一致。远远看到合江亭，这座始建于唐代的建筑，雄踞于府南河两岸之间，一任惊涛骇浪汹涌而过。

滨江公园沿着府南河展开，我们也叫它滨江花园，其实是对面城里沿河的绿地。这里从来都热闹，不仅因为沿着河道散步游玩的人多，更重要的是这里栽有很多花和树，而且还没有围墙。成都的春天是最好的季节，两三个倒春寒之后，冷冷的天气会忽然在某一天，就彻底温暖起来。太阳变得热烈，暖风经过的地方，嫩芽攻陷了树枝，而花在一夜之间就全开了。之后一天比一天更暖，府南河的样子也变得更加迷人。河水慢慢地涨起来，一点点地朝着堤坝上方涌，像少女的心意，热烈纯净，带着天真的欢乐，急促畅快地流淌。河水清冽，绿中泛着一点蓝，用那句

“春来江水绿如蓝”来比拟，最是贴切不过了。河边的柳树如丝一般地轻柔低垂，散发着新生的绿意。桃花、玉兰、杏花、梨花、李花，月季、海棠和杜鹃，一波接着一波地开。翠鸟啼鸣，彩蝶翻飞，空气里面的甜传感到一切生命体之上。伏在地上的草花，也到了抬头的季节，红色和紫色的花穗结在草丛中，让人忍不住停下来看。阳光照不到的角落，绿苔之上又冒出了毛茸茸的新苔藓。在这样的季节，没有一寸土地是置身孕育生命之外的。我们常常以作文为借口，三五成群地在滨江公园游荡。

冬天的蜡梅、红梅，夏天的石榴花、夹竹桃和栀子花，秋天的芙蓉、桂花、银杏和枫树，滨江公园每个季节都美，而那条府南河，后来我才知道，在所有爱它的人心里，还有另外一个好听的名字——锦江。

城里的公园最好玩的是人民公园。学校每年都会在春天组织扫墓，在人民公园的保路英雄纪念碑前献花和宣誓。我们穿着白色的衬衣和深色下装，脚上穿着白球鞋，脖子上系着鲜艳的红领巾，胸前会别上一朵纸做的小白花。当我们举起小拳头宣誓的时候，保路英雄纪念碑上那些充满故事的艺术浮雕，总会触动我们的内心。

之后的自由活动最让我们期待。人民公园的那座山是人造的假山，很高。在成都平原，有一点隆起的地方，都会被我们称作山，即便是建筑工地上临时垒起的大土包。这座公园里的假山就像真山一样，它在平地之上缓缓隆起，由几个连续的大小不等的陡坡和缓坡组成，从山下到山顶可以从不同的方向攀登。山上种有很多树和花，山下有个大水塘，里面有好多鱼。我们通常会飞跑上山，专拣陡峭的那面坡去登，不到一半就气喘吁吁。我们停下来，喝几口自己背的军用水壶里面的水，擦擦汗，便又再接着向上攀登。不用太长时间我们就会登顶，脱下外套，拿在手上舞动，大声向山下的同学吆喝。后来的人会把凑钱买的东西陆陆续续地带上来，有瓜子、花生、大头菜、凉粉和凉面，还有吃起来像鼻涕一样酸酸甜甜的中中果。等他们把东西拿上来的时候，我们先登顶的人已经在有树荫的地方占好了位置。大家坐在自己的书包上，把吃的东西放在摊在地上的外套上，在树下的草坪上愉快地享用午餐。

每年父亲都会在九月或者十月带全家到人民公园看菊展，百十种菊花分别被摆在公园不同的地方，有些就放在广场上，有些被放在不同的庭院里，配着一些盆景，五颜六色、千姿百态。有的花瓣如针尖一般细密，有的包在一处，如绣球一般厚实饱满；有的翻卷成女人烫过的卷发一般，长长地垂吊着。看菊展就像是进入秋天的一种仪式，不容错过。

六

民院农场在红牌楼之外的太平园，记得学校所有的干部和老师都会轮流到农场劳动。我五六岁的时候，经常隔三岔五跟着父亲去农场，他因为是干部，所以常常带队去那里。我喜欢农场，那里有许多鱼塘、田地，还有奶牛、猪、羊和鸡。

从前的道路没有几条是直的，所有的路都是在农田之间弯弯曲曲地围绕着它们展开，所以目的地总是显得曲折迂回、遥不可及。农场在红牌楼，本来离学校并不算太远。可是没有专门的道路抵达，因而会用很长时间。我们到农场的交通工具都是自行车，记得要经过很多条乡间小道才可以到达。父亲骑车，我坐在他二八圈自行车的上管上，一直坐到小腿、小屁股都麻木了还到不了。通常我们会在农场住上长短不等的一段时间。记得最长的一次，整个暑假我们都待在那里。在农场的日子总是让人回味无穷，都市里的乡村记忆是那么难得，因为到了后来，田地、农户都慢慢消失了，只有稻田香、大粪味和劳作的场景永远地留在了记忆里。

水塔是农场最高的建筑，矗立在食堂的一侧。对面就是我们住的地方。我们住的地方很简陋，依稀记得是一个大平房，之前应该是堆放粮草的仓库，里面放有十五六张床，还有一些书桌和盆架，老师们就住在那里。他们用一些柜子并在一起做了一个隔断，把男女分开。晚上，所有人会在屋里看电视，就在隔断那个位置。那电视是十四英寸的，很小，远远地放在一张旧书桌上，有时放着放着就没有图像了，这时就会有人上前去把天线拽出来东拉西扯，或者是用书敲一下，图像才又重新跳出来。大家于是会高兴地一起鼓掌，然后继续往下看。白天那个隔断有时也会是大人们学习的地方，他们很严肃地念文件，挨个发言，每周都会有一次。那时候都是大家庭，每家都有几个孩子，父母中的一个到农场劳动，通常会带一个在身边，所以我一点也不寂寞。十多个小孩加上管理员的孩子，还有周围农户的小孩，就是一大群。

农场的草地把田地包围起来，很大也很茂盛，是我们最喜欢待的地方。在春天和夏天，草地上会开不同的花，三叶草是最多的，它们在冬天似乎也不愿意离开。我们在草地上相互追逐，满头大汗，累了就躺在草地上玩儿，眯缝着眼睛看天空快速变幻的云。田地的一边，有条小溪，还散着几个池塘。池塘里有很多鱼，是他们专门养的。下点雨，小溪涨水，四处地流，池塘里的水也涨，泥跟着涌上来，水便浑浊不堪。我们在雨里奔跑嬉戏，时常全身都湿透。下雨的时候，我们会趴在池塘边玩。雨大的时候小一点的池塘里面的水会漫出来，这时候鱼也会跟着水流被冲带出来，我们惊叫着用手抓鱼，或者用撮箕在小溪边上守株待兔。因为那些鱼和惊喜，我们都期待下雨，尽管一个个都被淋成落汤鸡。

中午我们被强迫着午睡，可是没有一个孩子会喜欢睡午觉的。为了安抚我们，他们让两三个孩子一块儿睡，躺在一起，让我们开心极了。大家先是鸟儿一样喳喳喳地说话，不到一会儿就都睡着了。刚刚觉着午觉的好，大人们就又把我们从床上赶下去。雨后下午的太阳是那么烈，夏蝉没完没了地叫，我们在一些大树上找蝉蜕，还在树下找小蘑菇。我们拿着长长的竹竿，到牛棚、猪圈和羊圈，还有一些废弃的房子里，在屋里结蛛网的地方用竹竿转着圈捣鼓，等到竹竿上沾满了黑色的黏糊糊的蛛网泥的时候，粘蜻蜓的游戏就开始了。我们一人一根竹竿，有长有短，好像狩猎的人拿着不同的武器，雄赳赳、气昂昂地四处寻找猎物。池塘边的蜻蜓最多，这也是我们喜欢它的原因之一。蜻蜓在水上飘飞，有时候也在水面上停留，竹竿接近它时也浑然不觉，我们就这样轻轻地用竹竿一点，它的翅膀一挨上就被粘牢。也有一些负隅顽抗的，它们挣扎后离去，会把一只翅膀或者尾巴留在竹竿上。“它们飞不了多远就会死的。”这时候，男孩子们会恶狠狠地说。一丝难过会闪过我的心里，可是我的竹竿从来不会辜负我，上面总是粘满了战利品，我于是又会高兴起来，跟大家一样举着竹竿，鹦鹉学舌地跟在后面你一言我一语地吵嚷着回去。

大人们白天都戴着草帽在田里忙碌，他们种的青椒、西红柿，还有茄子和冬瓜晚上都会出现在我们的餐桌上。早上我们都喝牛奶。鲜牛奶在当时是稀罕物，民院大部分家庭都订牛奶，而这牛奶就出在农场。我喜欢喝牛奶，更喜欢看大人们挤奶。

用木板钉成的牛棚里有三头奶牛，两头大的，一头小的。牛棚的门通常都半开着，我们可以自由进出。奶牛的身体黑白相间，它们都是大肚子，悠闲地吃草，动作很慢。白天更多的时间它们都在外面的草地上、水塘边吃草，半躺在田边。我们不是特别敢靠近它们，大人们警告我们说它们会踢人，也真的有一个小男孩被踢过，后来送到医院里去了。它的尾巴也总是扫来扫去地乱动，还不时地发出哞的叫声，它的蹄子很亮很黑，像穿了一双皮鞋，身上总是招来很多蚊子和小飞虫在上面。我们经常溜进牛棚里去看管理员挤奶。管理员很粗鲁地呵斥我们，让我们离开。但我们是不会轻易被撵走的，因为挤奶那么好看，每次看我都想去试一试。奶牛两腿之间悬吊着圆乎乎的一坨东西，那东西连着它的肚子，上面长了几个鼓胀的奶头。管理员半蹲着身体，用手抓住其中一个，然后两只手一起交替着上下用力挤，白色的奶汁就呼呼呼地射进下面的奶桶里。一些奶汁溅到我们的小脸上，我们得意地彼此看看，并不着急着擦掉它，心里恨不能推开管理员也上去挤上两把。管理员挤完之后我们就一哄而散，又到猪圈去看那些脏兮兮的睡觉的猪。田地的边沿上有些打了桩的围栏，这是为了阻拦奶牛跑进庄稼地里糟蹋。我们时常来回地翻越这些围栏，并不是为了进到庄稼地里，仅仅是为了翻越。看着周边那些农户的孩子拿着铁丝套着细网做成的渔具，我们特别羡慕。

闹地震那年，我们住在院坝里。大人们把床板抬到屋外，紧紧挨着，让我们睡在上面。水塔那么高，我很担心它掉下来砸到我们。可是大人们似乎并不在意，他们在院坝里点着蚊香，聊到很晚才睡。可是我们小孩子不管再怎么兴奋，总也抵挡不住睡意。我每天都坚持到最后一个睡着，我是多么不愿意就这样睡着啊，天上还有那么多星星，一闪一闪的，它们应该都是活着的。

也不知道从什么时候起，民院周边的田地开始变得越来越小，西校门和南校门相连的整片农田不知道什么时候起都不见了。大人们看起来很遗憾，我们却充满兴奋和期待。一座座建筑从田地里长出来，水泥路代替了泥地，自行车越来越多，汽车和路人也更加地多起来，春熙路开始有了霓虹灯，时间变得快起来，整座城市生机勃勃的样子，像正在长大的我们。在一环路修好之后的第二年，我就考上了西南民族学院。

冬天天阴的时候，成都的天气偶尔也会和过去一样，会有如丝的冬雨随着寒气一起飘洒下来，这时候，一些熟悉的氛围就迎面而来了。感觉城市还是和过去一样被重重地包裹在水汽里，路灯在雾气里泛着昏黄的光，这光照进我心底，唤醒那个记忆中最生动的成都的样子。

父亲与我

父亲与我

今日白露，是父亲的忌日。

尽管父亲在他去世之前还是发了福，肚子也微微地腆了起来，但留在我记忆深处的他依然还是那个清瘦洁净的人。好多事情，它们在我眼前转啊转的，仿佛就发生在昨天。

一

父亲的眉头始终皱着，似乎一些事情总在让他担着心。他的头发是那么茂密，又黑又粗，一根根地直立着，尽管他性格温和，但发质和嘴角的轮廓却保持着严肃和坚毅，有一种不容易接近的清高。他端正、执着、寡言、节制，声音不高，却有威慑力，我总是在心里爱他，却又惧怕他。从我记事起，就没有看见过父亲喝酒，因为胃溃疡，他四十年滴酒不沾。尽管他寡言少语，淡泊名利，但我家却总是因为好客的缘故人来人往。

他是狠狠打过我两次的，但我记忆深刻的却总是母亲在动手。他对付我的顽皮不听话，更多采用的是唉声叹气，这对我很管用，他似乎也发现了这一点，于是更多地使用这个办法。他们打我的时候，我会装作很痛的样子，尽管确实也很痛，而且母亲总是在愤怒时失去理智，我却从来不懂得去记恨他们。院坝里的小孩儿都是我的伙伴，我们每天都忙着在晚饭后跳皮筋、跳绳、跳房，做攻城和捉迷藏的游戏。大一点儿的时候，我们开始关注我们的世界没有的事物，母亲管理我的手段已经明显不够了，关于这一点，我们两个似乎都很清楚。电影、电视里演什么，第二天我跟院子里的小孩儿们就成了什么。电视剧《排球女将》让我们天天练排球，背着手一级一级跳台阶；《血疑》让我们每人剪了一个“幸子头”，开始迷恋单眼皮和棒针高领毛衣；电影《少林寺》让我们天天练拳、翻筋斗、打沙袋；《海外赤子》让我们天天“咪咪咪嘛嘛嘛”地对着镜子练声；而芭蕾舞电影《红菱艳》则把全院坝的孩子都变成了外八字，倒垃圾都是踮着脚旋转着去的。那段时间，我的理想从电影演员到舞蹈演员，从江湖女侠再到售货员，最后应该是老师或者教练。

父亲在学校是公认的正直、有原则的人，因为公正，得罪很多人，但同样因为无私，也让更多的人敬重他。有一段时间，不知道为什么，家里每天都人来人往，他的脸色也比过去更加严肃。我好奇着大人们的喜怒哀乐，因为在父亲身上我几乎看不到任何表现。

家里统共只里外两间屋子，中间一个过道被隔成了小隔间，是我在住，里间是父母的卧室，也是会客室，外间是弟弟、妹妹的卧室，也是饭厅。那一段时间，里间低声哭泣的，高声叫骂的，让在隔间做作业的我根本静不下来。我蹿到里间，走来走去地装作喝水或者拿东西，想探个究竟，有时候听着听着就干脆立在那里不走。他没有撵我，我想是因为那些场面无法让他关注到我，我默不作声地站在一旁。这个时候母亲通常会忽然出现，一把把我拉走，然后再骂上两句。在那个乱糟糟的环境里，任凭到家里来的人们会有怎样的情绪，他总是微笑着平静地端坐一边。有一次有个戴眼镜的叔叔情绪激动，用玻璃杯不断敲打茶几，到底还是玻璃杯碎了，他的手也流了不少血。母亲给他简单做了包扎，之后我们家给客人准备的玻璃杯就换成了搪瓷杯。有个烫了头的阿姨和她没有头发的丈夫拿了两瓶酒、一个西瓜到家里来，在他们走的时候，我看到父亲和他们推推搡搡，最后他们带走了两瓶酒，然后把掉在地上碎成几块的西瓜也捡起来带走了。慢慢地，我从那些嘈杂的人声中逐渐领悟到一些道理。父亲的沉稳和他所信守的那些原则，让我在感到好奇的同时，也生出一丝崇敬。我逐步地认识到，他所持有的态度，是一种捍卫规则的正义，这力量反过来也使他看起来自制和高尚。我不知道是我骨子里的那些顽劣和谎言害怕他，还是我本人。总之，那种敬畏所产生的强大教化力量，远远胜过母亲的苦口婆心。

他说话很慢，着急发火的时候不多，我每次抢着说话的时候会先想好再开口。我感到他在认真看我，眼神就像在看他尊敬的孟教授。有几次他让我读报纸，我用普通话大声读，中间有些字卡住了我，但我还是努力把半边字的音读了出来，因为读错了字，他开心地大声笑起来，并没有责备，只是低声纠正了我。他的开心感染到我，要知道，我是那么想看到他微笑欢乐。

周末他偶尔会带我去工艺美术品商店，那里是他最喜欢去的地方，我也喜欢，因为是在车水马龙的春熙路，是热闹的城里，中午还可以吃到钟水饺或者甜水面。在商店里，他最爱看的就是瓷器，而我，最喜欢看穿着纱裙跳舞的少女雕塑，当然，有一对蓝色的玻璃做的天鹅也是我喜欢的。他对那些印花的白色瓷器爱不释手，尤其是茶具，但通常他只看不买。有时候他会带一个花瓶回家，我会欣喜若狂地央求售货员把所有的货品都拿来让我们仔细挑选一遍，那种感觉让人快乐。他不喜欢吃水果，但常常买回家。

我们家很早就买了电视，而在这之前我们三姐弟总是要在晚饭后走十多分钟，到靠近南校门的一家老教授家里去看。有时候教授家里有客人或者外出，我们就会灰溜溜地回家，一个个哭丧着脸。假期里我们最喜欢看电视报，每天就等着晚上看好看的电视，但我们的期待通常都无法如愿。父亲最不愿意给别人添麻烦，他嘴里虽然没有说什么，但我想他是很煎熬的。尽管母亲不同意，他还是自己做主借钱买了电视。那一天，院坝里的邻居们都挤到我家里屋看中国女排，现在还回忆得起当时的情景，一屋子的人，满世界的欢乐。

有一天，我在衣柜里翻到一个奇怪的袋子，打开看居然是羽毛球拍和乒乓球拍，当时把我乐坏了。我猛然想起父亲的同事马伯伯，在跟父亲一同从北京出差回来后的某一天曾跟我提到过，父亲给我们买了什么让我们猜不到的礼物之类的，没承想竟然会是眼前这些做梦也梦不到的球拍。羽毛球拍本就难得一见，但如果同时出现的还有乒乓球拍，在那个年代，真的是足以让人激动的事情。于是我从好朋友小红开始，带了五六拨孩子去我家里屋衣柜前参观球拍，顺道还附上了一个北京有亲戚的谎言，所有人都信了。

于是之后，我们三姐弟每天都在宿舍院子里和小伙伴们挥舞着羽毛球拍，就连隔壁宿舍的小孩儿也会跑来跟我们打。周末的时候，我们会一起去预科楼那边的石桌子上，用红砖代替围网打乒乓球，有时大学生也会加入我们。后来的很长一段时间，我们三姐弟都是充实快乐又受欢迎的人。在那个物资匮乏的年代，父亲总是竭尽所能，默默地鼓励我们对生活的热情。

二

离我家最近的书店是民院东校门小卖部旁边那家。还记得在我更小的时候那里依稀还都是摆着糖果和罐头的货架。也不知道从什么时候开始，那些货架上开始摆满了书，大学生们常常把那个地方堵得严严实实。我没有睡前故事，只有母亲无尽的爱，数不清的亲吻和眼泪。她快乐的时候会流泪，痛苦的时候会流泪，有时介于这两者之间的情绪的时候也会流泪。这些，都使我对成人世界充满了探索的欲望，是啊，除了阅读可以得到的领悟和满足，我永恒的好奇心、无穷的想象力又岂是母亲的说教可以泯灭的，民院教工宿舍院坝那方寸之间的游戏场早就已经无法安放它们了。

我的第一本书是父亲给我买的《安徒生童话》，其实当时他是想给我买另一本，但精美的封面还是让我坚持要父亲买下了它。我有很多小人书，又叫连环画，是 64 开的绘本故事书。连

环画字很少，我们不需要识字，看图也可以看懂。浆洗街街头就有一家租书店，很脏很破，记得它的门是由十多个二十厘米左右宽，三米左右高的长条形木板卡在上下两个木槽里构成的。那家店的书几乎都是连环画，尽管氛围陈旧阴暗，却无法阻止我们对书的浓厚兴趣。我带着弟妹和小红常常挤在那里的长条硬板凳上看，两分钱可以看一整天。可是，《安徒生童话》是一本真正意义上的书，翻开书，密密麻麻每一页都是字，只在中间有些页码里插有一些好看的插画。我很激动，封面是“海的女儿”，尽管当时我还不知道她的故事，但那长长的头发、美丽忧伤的脸、浸在大海里鱼的身体都深深吸引着我。我轻轻用手小心地抚摸着封面，对她的故事感到真切的神往。只用了两天，我就看完了整本书。之后我成了小书店的常客。只要是买书，父亲都会给我一点钱，有时候到家里来的亲戚也会给一点，还有压岁钱，这些钱都被我用来买书看。看了之后当然会眉飞色舞地讲给我身边的小伙伴们听。

就这样，《格林童话》之后我央求父亲给我订了《儿童文学》。然后是父亲偶然留在桌子上的内部读本，记得有一本是真实案例，记录有破案的细节。看了感觉很精彩，也很过瘾。三年级的时候到书店买了一本《聊斋志异》，觉得是全世界最好看的书，那些狐狸鬼怪的故事，充满了热情，让人感到恐怖、温暖、美丽、哀伤和无奈。我似懂非懂，讲给身边那几位，都叫好。可是这些书依然无法喂饱我的思想。也就是在这个时候，常常会有一些新的书名或者观点从常到我家吃饭的那些大学生亲戚嘴巴里流出来。我开始看章回体小说《杨家将》《说岳全传》，那段时间是夜以继日地读书。父亲有空也会跟我一起聊聊书里的情节，那些力拔山兮的盖世英雄、古战场神秘的兵器、精忠报国的故事、英雄救美的佳话，所有的这些，都深深激荡着我的内心，让我心生向往。

每天下午放学回家后，提着白色的塑料水壶到锅炉房打开水，是像我一样大的民院孩子必须承担的家务之一。我时常尾随在几个高谈阔论的男生后面，听他们讲他们看的书。有一次我瞅准机会，插嘴说了杨六郎和柴郡主的关系，他们都惊讶地看着我，这让我振奋。他们在我看来是另一群让我敬佩的人，尽管只比我高一两个年级，但却比同龄人更显得成熟和坚定。从我家到锅炉房来回需要的时间并不长，可是因为他们，我可以得到许多让人开怀的信息。

文学给予了我有别于其他的情怀，我对英雄充满了敬意，他们于我而言，除了拯救与光荣，还伴有神圣与浪漫。

我无数次梦见自己身着铠甲穿行在古代战场，当然，在我讨厌的数学课上，我更是肆无忌惮地展开我的英雄幻想。尽管我知道数学课和英雄都是庄严的事情，可是，我总是会在错误的时段梦想着要兼顾它们。很显然，每一次我都没有得逞，我会被老师揪着耳朵拉到讲台上，可即便如此，我也丝毫不会感到羞愧。我成天和小红在路上东张西望，观察每一个陌生人，希望能够至少发现一个窃贼。

我开始看《红楼梦》的时候，已经是快要上五年级的那个暑假。小红母亲是中文系老师，她总是有办法在她母亲办公室的书架上替我找到我想要的书。终于有一天，母亲在我隔间的书桌上发现了它。她咆哮着冲向我，抓住我胳膊，在上面狠狠地拧了几下，然后收走了书。之后便是铺天盖地的教育，母亲先是逼问我书的来源，后来自己又在书本上的印章上找到了答案。于是我立刻感受到了她瞬间的气馁。可是，就在我看准机会准备回击她的时候，她又重新找到了可以使她理直气壮、高声训斥我的理由："我不管什么名著不名著，你这么小就看这些爱情小说，以后还怎么能够专心念书！"我并没有妥协，但这个理由似乎很充分，我的申辩在这种时候通常会被母亲认作是无效的抵赖。于是，单方面的说教从饭前持续到饭后，最后延伸到睡前，矛盾的焦点集中在早熟和学坏这些词语上。我没有眼泪和忏悔，让母亲很是懊恼和失望。父亲对此一句话也没有说，只是催促我赶紧睡觉。我得了好赶紧溜到床上，于懵懂之中我知道了书的威力，那些词语和段落，它们可以将人带向正途，也可以将人引入歧路，有人视它们为希望，也有人害怕它们的力量。

我当然需要无穷无尽的书，不仅可以让我看到更好更广的世界，过足思想的瘾，同时也可以让我真正成为院坝里同龄人中间永远的故事大王，一直不停地给玩伴们描绘这个精彩美丽的世界发生过的事情。

三

当然，同其他父母一样，父亲对自己孩子的品行和学业同样有要求。在高校大院里，父母们对孩子成绩的关注似乎盖过了他们的其他方面。但是我的父亲不是，他对品格的要求近乎苛刻，尽管我是那样顽劣调皮，但对他深恶痛绝的事情永远也不会去挑战。

小学五年级的时候，有次期中考试情况很糟糕，数学不及格，就连最拿手的语文也才得了七十多分。拿到成绩单，吓得不敢回家。后来把七改成九，把五改成八，趁着家里有客人，在忙乱之中让他们签了字。自以为得逞的我，妄图瞒天过海，之后事情败露，换回一顿结结实实的痛打。母亲是热情万丈的女人，对孩子爱到骨子里，却希望个个都是华罗庚，完美是她对我们的唯一要求，因为做不到，撒谎也是我们逃离高标准的唯一办法。我摔坏一个碗会被母亲批评；回家晚了或者没有带好弟妹要被指责；周末或者假期忘记把蜂窝煤炉子的底盖打开，误了做饭会被责难；成绩考不好会被打；顶嘴也会。自由的天性受到压制，继而被频繁地否定，这样的结果往往使我对正确与错误的边界认识更加模糊。但是父亲动手打我的次数却只有两次，改分数的那次怎么也忘不了，他一言不发的教训让我领教得很透彻。

临睡之前，恍惚之间又是母亲的睡前安慰，眼泪亲吻老一套，我再度被爱与内疚困扰。但我倔强的心至少有一点是明确的，犯了错就只能面对，搞砸的事情绝对不能再朝错处走。撒谎、改分数和诸如此类的事情今后未来永远也不会再犯了。

也是在五年级的时候，因为做好事，我和小红被推成学校优秀少先队员。应该是因为民族团结、相互帮助更符合推优典型，我再一次被评选为市上和省上的优秀少先队员。一段时间，我经常代表学校的优秀学生外出开会、参加活动，广播里也会突然听到我的名字。我感到光荣极了，大家都围坐在我身边，听我绘声绘色地讲所见所闻，看我得意洋洋地给他们展示那些市面上买不到的好看的钢笔、笔记本和文具盒之类的奖品。母亲更是逢人就夸我被表彰的事。我的脚像是踩在棉花上，周围人的眼神也都满是羡慕。我暂时忘了数学带给我的苦恼，幻想着有一天或许我会因此到北京领奖。我彻彻底底地忘记了小红，她就像一个小隐形人，沉默地跟在我身后。有一天晚饭之后，父亲把我叫到一边，说起这件事。他说荣誉是大家的，小红也有份。我们的谈话很不顺利，他固执地要求我和小红一同去跟老师讲，我流着眼泪在一边不吭声，心里充满了委屈。仿佛我刚刚成为众所瞩目的明星，却有人告诉我弄错了。那些因荣誉而起的欢乐和骄傲已经在我心里扎下深根，我不会就这样轻易顺从父亲的意愿。于是我有意忽略或者忘记那些逐渐开始让我不安的情绪，装作什么事也没有发生的样子。

周末做完作业找小红骑自行车玩，毫无疑问，我吃了闭门羹。我带着其他几个小伙伴转到五宿舍那边去停留了好一阵，这个区域是民院院坝里高中女生的盘踞点。空旷的地面上什么也没有，我们学着她们的样子，把自行车停在路边，在草地上走了几圈。之后回到家里，依然是老家来的客人坐满了屋里屋外。我帮妈妈倒水送茶，立在一边察言观色，听他们说话。我看到父亲兴致盎然，话显得比平日里多。晚上一个老迈的、衣衫褴褛的我唤作姨婆的人占据了我小隔间里的床，我被安排和弟妹一起睡。我走到里间父母的房间，一肚子不高兴。父亲看了我一眼，说几天没见着小红了，我没吱声转身想走，被他叫住，他高声说："你应该很清楚荣誉是大家的。是就是，不是就不是，没有那么复杂。先去好好跟小红讲，再去找老师。记住，小红是你最好的朋友！”那天晚上我一直瞪着眼睛伤心了很久才睡着。我实在不理解父亲为什么要这么对我，为什么所有人都觉得正确的事情到他那里就变成了错的。

我不记得我是什么时候去的老师那里，又是怎样跟老师开的口。只记得之后不久，《四川日报》的记者们到民院找到了我们。我们接受了采访，那是令人难以忘怀的一天，记者们给我们拍了一组很酷的照片，其中两张发表在某一天整版的专题报道上。这是我童年记忆中的光荣时刻，对小红亦然。是的，我并没有感到失去了什么，反而从中得到更多。

四

张薇住在我家楼上，有一个妹妹。她母亲是学校知名的文学教授，父亲是学者。她因为较少参与到我们的游戏中间，加之她父母是那种沉浸在学术研究中的人，与院子里的其他人家也少有往来，因而她自然就成了我们孤立的对象。张薇总是一个人上学，独来独往，没有朋友。我们常常在上学路上叫她的绰号，等她回过头，或者追上我们时便一哄而散。她的头脑显然是最聪明的，成绩总是高出我们许多，或许是因为嫉妒，也或许是因为她太特别，因而无论女生有多么八卦，看法永远都有分歧，但是对于孤立她的做法，却会惊人地一致。

记得民院那时的公共厕所还都没有改造，除了几套老式建筑还保留有几家人共用的马桶之外，每两三个宿舍之间都会建一个公共厕所。公厕是由十数个没有完全隔断的旱厕蹲位组成，每一个蹲位都用左右两块水泥板象征性地隔断，蹲位正对着的方向没有遮挡，如果你愿意，你可以清楚地看到上厕所的所有人。这个可以容纳十多个人的公厕一到夏天就臭气熏天。这天，张薇在厕所里顶着臭气看书，我从她跟前经过她也没察觉到，这让我好奇。我倒回去立在她跟前，她意识到了，抬头看我，然后把书交到我手上。那是一本《红楼梦》，光是这书名就让我立刻振作起来。我瞪大眼睛，如获至宝。

我和张薇因为《红楼梦》成了书友。我从小红那里借到了书，尽管文言看起来艰深晦涩，但为了和张薇偷偷交流，我会很努力地去看。我的玩伴中没有一个像张薇这样有才善读，其实当时这本书我和她也都是跳着读的，许多情节我们完全看不懂，人物又那么多，再加上那些难解的文言文，更是让我们摸不着头脑。可是林黛玉和贾宝玉的故事是那么吸引人。越剧电影《红楼梦》里主人公完美的造型和悲惨的命运时时盘桓在我们的小脑袋里。我们跳过那些难懂的诗文，还有那些我们看不太懂的章节，只流连在有宝黛的篇章里，对那些文字半读半猜。我们偷偷在办公大楼外靠近花园的那个长满树的林子里坐下，海阔天空地聊《红楼梦》，为宝黛之间的情感结局假设了若干个结果。

“高鹗应该是理解错了。”这一句常常从张薇的嘴巴里说出来，她继而会放慢语速，学着她母亲的样子说，“曹公前八十回没有铺垫，没有这么明确的结果。”于是之后，我会对从她嘴巴里冒出来的每一个字毫不犹豫地点头，做出一副非常熟悉，刚好她也知道并替我说出来了的样子。当然有的时候，我会借着她的思路，往下走得更深。这样，接下来她便会满脸通红地为我鼓掌叫好。从跟她的交流中我逐步懂得了作者与书的关系，他们的名字像一个个神秘的符号，使我对书的迷恋更进了一步。我开始费劲地猜她说的一些我不太听得懂的词，什么红袖添香、泪尽气绝之类的词，后来我尝试着在一些非必要的场合使用，总会迎来崇敬的目光。这使我更加频繁地跟张薇一处讨论，逐渐地，我们的话题便不止于《红楼梦》了。每一次分开的时候，我们都好像还有更多的东西没有分享，这样暗暗地较劲，充满了进取的乐趣，使我着迷。我们总是坐在树林里那个隐蔽的位置，这样我们可以看清外面，但外面却看不到我们。那段时间，我总能找到一些隐秘的地方，让张薇和我既可以交流，又可以躲开其他人。她似乎也默认了这样的友谊，在人前我们装得跟过去一样平常，但我们总会在楼道口或者家的外面约好聊天的地方。

终于，放学路上我们还是遭遇了。一个同学推了我们中间一个人，那人失去重心倒向张薇，她们两人一块儿重重地摔在地上。路上的人一下围了上来，张薇慢慢站起身，用手拍身上的土，看向我，我赶紧低下头。小红似乎感觉到了，她也看向我，我感到胸闷，脸上快烧起来了，呼吸也快上不来了，我快步冲出她们的包围，跑回了家。

小红在我家吃的晚饭，我知道她想问什么，做好准备不承认。吃完饭她留下来帮我收拾洗扫，我们谁也不说话。临走的时候，她对我说："明早我们要不要叫上张薇一起上学？"很意外，但我想也没想就说好。我实在没料想会是这样的结果，我走到隔间的书桌旁坐下来，思绪如排山倒海，脑子却像一团糨糊，又晕又痛，我为自己准备好的谎言感到羞耻，也为没有替张薇站出来感到难过。里间依稀传来父亲跟人谈话说笑的声音，我趴在桌子上低声抽泣起来，想停却停不下来。悔恨愧疚的情绪折磨着我，昏昏沉沉的，我也不知道自己是怎样上的床，母亲到我床边来，给我吃了药，说了好多话。第二天我没有起来跟她们一同上学，我发烧了，当然，这个结果让我很高兴。父亲和母亲总会在我生病时让我的所有要求得到满足，尤其是母亲，她没有去上班，照顾了我一整天。

晚饭的时候，父亲回来了，因为我的缘故，饭菜被放在一个小茶几上抬到隔间来，全家人都围坐在我床边吃晚饭。父亲满含笑意地看着我，说恢复得很好，赞叹我身体强健。泪眼模糊中，我看到昏黄的灯光、弟弟妹妹可爱的小脸，还有父母温暖慈爱的笑容。

张薇加入了我们的上学队伍，之后，没有人再叫她绰号。因为书，或者也因为张薇，我作文的水平飞速进步，我的想象力和热情让我的作文常常成为全班甚至年级的范文。

五

我终于成了初中生，尽管学校不太好，但小红又跟我同班了。小红是我最最要好的朋友，从幼儿园开始，我们就没有分开过。

初一一开始，代数就一塌糊涂，自己也有点自暴自弃，上课几乎不听，终日抱着小说看。学校管得松，有些课就跟小红一块儿逃，在学校周边晃荡。当时身边很多同学都不学好，课堂上随便进出，迟到、早退和旷课根本就不算事情。早恋、打群架、偷东西在我们身边随时都在发生，在这种让人沉沦怠惰的环境中，能够不随波逐流已经是很难得的事情。晚饭是母亲教育的黄金时间，教育的主题早就从学习切换到了早恋，或者是与之相关的其他话题。每天在这个时刻母亲总有一大堆例子等着讲，她做出一副像是跟父亲在闲聊的样子。但即便是小我四岁的妹妹也知道其中的指向。母亲的反面教材实例通常是哪家亲戚的孩子因为早恋堕落了；隔壁宿舍的谁看了不该看的书，后来没有考上高中；还有谁离家出走之后变成了混混。八卦我当然听得津津有味，特别是听到早恋什么的，耳朵立刻就竖起来，母亲敏锐地捕捉到我的注意点偏了。话题立刻戛然而止，探究的眼光跟着向我射过来。我闪躲不及，转过头给妹妹夹菜。父亲会出来救场："相信自己的娃娃，她心里有数。"他每个字都说得那么斩钉截铁，我抬头感激地看他，我们四目相对的时候，我感到自己变得坚定而且值得信任，如他所言，我不会去做那些不该做的事情，尽管我的功课越来越差，心思开始飘荡游离，但我内心依然很确定。

初一的下学期，虽然学校整体混乱无序的氛围让我觉得没有归属感。但凭着我和小红的聪明识趣，我们依然是老师眼里的好学生。马小路是全班最漂亮的女生，她的书包里总是装着几封满是错别字的情书。我可以感到她不受约束的自由、对男生过度的兴趣和热情，除了头发可以随意地卷成成年人的样子，她还穿着高跟皮鞋。她上课从来不听，也不做作业，很显然，不做作业的也不止她一个人。老师在吵吵闹闹的课堂上没有任何收获，于是便只安于把关注和耐心留给那些为数不多的想要学习的人。我和小红是好学生。可是，我们似乎又不完全是，确切来讲，我们是摇摆于学与不学之间的更少的那一部分。我感到功课的难度和不学的氛围同时作用于我。于是，我跟小红也逃课，也撒谎。只是我们会跟马小路她们保持距离，虽然她无数次约我们一起逃课出去玩，但还是被我们果断地拒绝了。马小路影响不到我们，尽管在课间操，她常常掏出情书来念给我们听，我们依然坚持不跟男生讲话。

每周二下午是我们必逃的生物课，全班近六十个人那时会消失一半。我和小红在学校附近晃荡了一下，准备去溜冰，但没钱还是放弃了。怕回家早了被发现旷课，我们又晃到体育学院去了，在体院足球场边找了个地方坐下来。我们远远地看那些围着赛道训练的大学生，对他们的自由和懒散充满了羡慕和尊敬。小红从书包里拿了一个深蓝色的灯芯绒布包着的东西出来，那东西被包裹得很方正。她看了我一眼，把那东西放在草坪上。

“是什么？”我问。

“你猜。”

“糖？饼干？”

任何一个我都希望是，这些东西都是稀罕的。

“不是，是书。”

“书？”包得这么严实，我看了她一眼。

“谁给的，包那么紧？”

我一边说一边伸手过去，小红一把按住包裹，转头看我。

“干什么？”我松开手。

“是小路塞给我的！”小红顿了一下说。

在我的印象里，马小路似乎和书是永远不会联系在一起的。上课的时候她不是在讲话，就是在睡觉或者吃东西，有的时候她也会笑意盈盈地转头给她身后的某个男生说话。这时候我跟小红便会在一旁替她数着，是的，如果她不睡觉或者吃零食，一节课她会转过头十多次。我茫然地看向小红，恍惚之间明白里面是什么。尽管周围没人，我仍然把声音压到最低：

“《少女之心》？”

小红涨红了脸重重地点头。

“你看了吗？”我直直地看着她，

“我怎么会看，是她硬塞给我的。”她开始气喘起来。我们像两个傻子，对着那个包裹发了一阵子呆。

小红问我怎么办，我脑袋里一团乱麻，关于这本书传说中的威力我是知道的。身边每一个堕落的人都被认为跟这书有关，记得有一次交卷子到老师办公室，遇到班主任正跟数学老师聊天，一提到这书的名字，她的表情像是在饭菜里看到了蟑螂，立刻变得惊悚和厌恶。我因而相信了所有的传言，认定只要翻开一页，这书里的腐臭堕落的气息就会立刻吞噬我们。于是，我幻想着我们可能会因此被学校开除或者判刑，好不容易平静下来，我们决定不打开包裹，照原样还给马小路。一直到天快黑我们俩都不说话，坐在原地，死盯着那个包裹，仿佛那是个定时炸弹，碰一下我们就会粉身碎骨。

晚上回家腿都在发软，想到那个东西还在小红的书包里，饭也吃不下，越想越害怕，一整晚都在做噩梦。书第二天就还回去了，等我快把这事忘记的时候，马小路的座位已经空了一段时间了。她不在的时候，像是少了许多人，一些快乐似乎也跟着她一起消失了。班主任有一天在班会上轻描淡写地宣布了马小路退学的事情。

我们之后时常将《少女之心》跟马小路联系在一起，好长时间，我们都将她的退学归咎于这个。在那个信息闭塞的年代，我们对新奇的事物充满了矛盾的好奇和渴望，毫无疑问，某些时候，这样的热情会使年轻的我们深陷危险。我庆幸有小红，她就像个天使，还有父亲，我常常想起他的信任。

六

我的妹妹和弟弟是我甩不掉的小尾巴，是父母交给我的累赘。尽管有他们拖累，使我感到不自由，我依然能够排除万难聚众搞事，对未知世界进行永不疲倦的探究。我时常从心底对他们生出讨厌的情绪。他们不仅分走了我的爱，还让我不能彻底放开手脚玩耍。院子里的玩伴，不是家里最小的，就是独生女，就说小红，她的哥哥姐姐早就上班了。只有我，仿佛一懂事就开始承担看护的责任，属于我的东西都会被分走，任何时候身后都会拖着弟妹中的一个或者全部，让人沮丧。

我的确不是一个好的看护人。当我被允许跟同伴一起出去玩的时候，看护弟妹的责任便随之而来。我们当时那些稀奇古怪的玩法，本身就带有探险的意味，因此大多数情况下，我们的计划都会因为我的这些责任受阻或者流产。即便成行，看护他们也会使我的玩兴因此大打折扣。

于是我就在看护和玩耍之间寻找最佳的平衡点，但是往往顾此失彼，如果我玩得开心，他们就会因为没有得到照看而遭殃。有一次是妹妹在路上被一个骑自行车的人撞倒了，她的嘴因此肿了半个月。更多的是弟弟捡地上的脏东西吃，有一次他甚至吞下了一个玻璃球。这些后果无一例外地都会让我受到惩罚。当然，如果某一次我看护得很周全，那么我的所有伙伴都会因此觉得无趣，带着怨气离开。

弟弟是家里唯一的男孩，又是最小的，而且因为懂事听话，最受父母宠爱。可是现在想来，当时也没有什么特殊照顾，因为最小，关爱得多而已。弟弟和我长得很像，但他性格温顺，笑起来很可爱。夏天，因为天气热，父亲在家会穿白色的前后两片的汗衫背心，露出两只胳膊。他们给弟弟也穿汗衫背心，也是白色的，露出两只细长的小胳膊，老气横秋的小样儿，看起来特别好玩儿。妹妹从我记事起就一直剪的是刘海齐齐地贴着脑门的短发，她的头发很顺，小嘴唇一直都抿着，安静羞涩的样子。妹妹与弟弟两人是玩伴，他们时时在一起，相互很离不开，而我只想离他们远远的。我是一个被迫的看护者，在假期，父母常常在午饭后出门，我们三个会被留在家里，一直到做晚饭的时候他们才会回来。这几个小时，我们会在家里过家家。妹妹和弟弟会根据我的想象配合我扮演不同的角色，这些角色无一例外地都跟我们看的电影和电视有关。一般情况下，我会是游击队长、售票员或者林黛玉，他们会分别扮演战士、乘客或者其他。

有一次，因为剧情需要，我们把我隔间的台灯用来当道具，在玩完放回的时候，我手一滑，台灯掉在地上，玻璃灯柱摔碎了，只剩下变了形的灯罩古怪地倒在一边。我吓呆了，立在一边，好一会儿才回过神来。这台灯是我央求了父亲很久之后才买的，这之前跟所有孩子一样，我学习和睡觉的那个小小隔间的照明，不过是一个吊在头顶、连着电线、难看的白炽灯泡。而这个深绿色玻璃灯柱配着乳白色灯罩的台灯，是我见过最好看的灯。很长一段时间，新台灯照亮的不仅是我的隔间，还有我的快乐。我懊丧地看着那堆残骸，幻想着可以用胶水把它们重新粘合在一起。但它们碎得很彻底，我忙了一阵，无力回天。收拾完碎玻璃，心里就不再只是为这稀罕物件的毁灭而难过了，晚餐之后我的下场开始让我担忧。很显然，饭后我会做作业，而没有照明会让事情一目了然。我紧张地揣摩着母亲会以怎样的方式责罚我，正这样想着，手心的汗还没有收，家里的门就开了，父亲和母亲双双站在我们面前。

我知道，任何时候，只要我闯祸，我的父母便会有如得到神谕一般地立刻出现在我面前。他们的表情从来都有一种审判者的威严，像是没有穿制服的警察。我当然会在他们的语言和表情，甚至是微小的动作上迅速做出推断，用他们可以接受的态度去规避惩罚。一般来讲，主动承认错误，是在犯一般性的错误上可以取得最大宽恕的做法；保持沉默，是在不易发现的错误上必须持有的态度。而打碎珍贵物件，应该算是罪大恶极，我做好了视死如归的打算。谁都没有想到的是，我的小弟弟竟然上前一步，对着父母大声说台灯是他摔坏的。

母亲的脸色变得很难看，她显然并不相信弟弟的话。在她带着怒火刚要说话的时候，父亲阻止了她。他问我们碎了的台灯去了哪里，又问我们的手有没有受伤。我松了一口气。做晚饭的时候，我们三姐弟都在厨房帮厨。我自始至终都很紧张，也很愧疚。我们三人一口菜不敢夹，都埋着头吃自己碗里的饭，直到看到父亲跟母亲交换了眼神，他好像还笑了一下，我这才彻底地放下心来。

这样的结果使我受到一种莫名的触动，晚饭之后，我带着弟妹，来到父亲跟前，跟他承认了台灯是我打碎的。他好像并不意外，但看得出来，他很高兴。

记得那天我是在里间完成了我的作业。之后我们还一起去散了步。那是一个特别炎热的夏天，路上来来往往有很多人，我们三姐弟在前面手拉着手走，父亲和母亲走在我们的后面，我可以感到他们的目光或者谈话，总有一个始终跟随着我们。我听到他们小声说着话，和路上的熟人热情地打招呼。母亲的声音很振奋，在她快乐的时候，她有一种可以改变周围氛围的魅力。我对自己说，我是后面那两个人的孩子，我感到幸福。

七

民院院坝里的孩子仿佛都会在一个合适的年龄学会游泳。我们是那么爱水，即便在游泳池里待着，什么也不做，也是开心的。我忘了我是小学几年级学会游泳的，最初是套着游泳圈，之后便是慢慢地试着趴在游泳池浅水区边上练习狗刨式。记得浅水区的深度是一米五，深水区是两米。直到初中以后，我们才可以踮着脚在浅水区游走，当然，初中以后我们的泳技都十分了得，可以在浅水区和深水区来回自如地游，还可以在水下比赛憋气。民院游泳池在暑假就是我们的天下，最初，除了民院子弟，外面的人都很少，为了多游几场，我们常常在结束铃声响起后，憋着气潜在泳池边的水下，任泳池管理员用竹竿在水中探寻清场。若没被发现，我们便可以在水里待一个下午。

游泳池里藏着无法描述的乐趣，很难形容，人类亲水的天性在孩子身上是可以得到印证的。我夏天所有的欢乐都在泳池里，那里有我的探险故事、秘密领地、勇敢、想象力和活力。我的一颗牙掉在那里，还有我的第一个电子表也遗失在那里。有时在拥挤的水里，我会坐在大大的橡胶游泳圈上，漂浮在水面上。更多的时候，我会沉入水底，直到憋不住气再浮上水面，一次又一次。我在石墩跳台上学会了鱼跃入水，在池边和小红一起玩跨入式入水，进入水里的感觉像是重新回到了一种温暖黏稠的记忆里。我被柔软的水浪包裹住，感到安适和自在。

在水里，我们学会了用各种姿势游泳，蛙泳、潜泳、仰泳、自由泳，尽管没有老师，我们的动作却都像运动员一样干净利落。我们也跟男孩子们比赛速度，尽管永远都是他们赢。我们常常玩偷袭的游戏，把没有防备的人一下推入水，或者两三个人抬着一个人扔进水里。打水仗也是我们最喜欢的，当我们用手臂或者脚用力击打水面的时候，管理员会很快前来制止我们。

我的意识在夏天几乎都是湿漉漉的，它们浸泡在水里，在嘈杂的泳池里，也不会受到干扰。有时候，我甚至觉得，即便是回到了家里，我身体或者意识的一部分，还留在水里。

我十三岁的那个暑假，一切都开始变了。游泳的人开始剧增，学校之外的人大量拥入，有时候整个池子满满地填满了人。有些人来这里好像并不是为了游泳，而是为了纳凉避暑，我们不再为了多游两场潜在水下。在一个平常的下午，我们又去了泳池，可是，这一次，我没有能够带回我的弟弟，他出了意外。我至今仍旧无法回忆起当时的许多细节，或者，是我不愿意真正去触及那些回忆。

弟弟的离开彻底从精神上摧垮了我的父母，也在这一天彻底终结了我的童年和我的顽劣。在亲历了死亡、痛苦和自责之后，我变得寡言和阴郁。之前跟弟弟一起让我觉得无趣生厌的时光，后来竟成为最珍贵的回忆。父亲变得更加严肃，他拼命地工作，从来不会在我和妹妹面前流露出一丝的难过。我变得越来越敏感，深陷幻想与自我否定之中。我无数次地以如果这样就不会那样，来妄想可以改变这个悲剧的结果。而冰冷的现实让我更加地不能够原谅自己，意外失去亲人的悲痛和强烈的内疚带来的苦痛叠加在一起，慢慢成为扎在我心口的利刃。这把利刃，使我身心饱受创痛，身陷无法抽离的酷寒和灰暗。

我在泪水和沉默中念完初二，我觉得是文学帮助我度过了那一段伤痛的时期。查尔斯·狄更斯的作品是黑暗世界里照亮我的明灯，《雾都孤儿》《大卫·科波菲尔》《老古玩店》《双城记》是我最喜欢的书。我理解书里描述的所有伤痛、孤独与绝望、幸福与幻灭。但我更加热爱书中所描绘的坚定和无畏，不屈服的爱与希望，以及最终的幸福。我渴望有一双手可以拯救我，但我知道，这双手只能是我自己。我已经超越同龄人的成熟，我感到父母刻意隐藏的忧伤正穿透我、改变我，并成为压垮我的那一部分。也许是我生命的底色过于温暖明亮，我的欢乐还是会时时自己跳出来，可它只是瞬间的火花，之后，我便会重回那种深深的痛苦之中。我早就忘记了学校糟糕的环境，只一味拼了命地学习，成绩也开始逐渐有起色。但是隐藏在我内心深处的忧郁不断累积，就像是一个永远填不满的黑洞。

八

初二的暑假，父亲带着我们去了峨眉山。记得我们住在半山腰的一家两层楼高的小旅店。从我们到的那天一直到离开，就只看到过两个客人。峨眉山持续的暴雨伴着响雷，似乎没有停过。就这样我们待在房间里根本出不了门。我趴在窗户边，看我们对面山上风雷交加、暴雨倾盆。大块小块的石头被风雨裹带着落在道路上，树木被拦腰折断，有些被连根拔起，扔在路边。山坡上不知从哪里来的水流挟带着泥土石块一涌而下，把道路彻底冲毁。白天我和妹妹都窝在房间做作业、看书，晚上，我们就坐在旅店的大厅里和服务员一块儿看电视打发时间。尽管无聊，但陌生的环境每天都会出现一些新奇的事物，这些都会让我们的脑子增加一些新的东西。一只颜色鲜艳的鸟飞进了我们的房间，我们关上门和窗户，跟它待了一整天。父亲让我们下楼到厨房看野菜，还有服务员在山里采的菌子，有大大小小的好多种，他指着它们，给我们一一说出它们的名字。晚餐的时候，这些有名字的美味便都被炖、炒、烹、煮成不同的农家菜肴摆在了我们面前。简陋的餐厅昏黄安然的灯光和屋外大雨卷起的有如末日一般的雨雾和巨响形成鲜明的对比，让我们在那个被大雨阻隔的冷冷的雨夜得到了另一种别样的安宁和快乐。我们都小心翼翼地把自己的情绪藏起来，生怕谁流露出的难过，又会将我们带回到那种黑暗绝望的境地中去。尽管有一天我还是在盥洗室看到洗衣服的母亲正偷偷地擦着眼泪。

就这样，坏天气过去了好几天。我正担忧着，吃过午饭，雨就停了。我没有感到特别的欢欣，因为我的眼睛已经开始发炎了。一只眼睛的上下眼睑各长了一个麦粒肿，又肿又痛，根本没办法睁开。母亲的药袋子里没有金霉素软膏，只备了感冒药和胃肠药，还有一些酒精、纱布和胶带。在山上前不着村后不着店，没有药就只能让炎症发出来。母亲把纱布放在开水里浸泡，然后给我热敷。我感到眼皮有小虫子在噬咬，因为痛和视线障碍，我开始焦虑起来。吃过早餐，太阳出来了。朝阳总是给人希望，我终于还是在他们的劝说下跟着大家一道出发了。

我和妹妹都背着小水壶，父亲背了一个大包，里面有一个墨绿色的军用水壶、一个搪瓷杯、一袋饼干、几个苹果、一个电筒、两把雨伞和一把水果刀。我们走了一小会儿就到了清音阁，刚开始的时候，我还是感到眼周的痛和不适。但之后，一路上的美景和见闻便让我将它们彻底地忘记了。云气氤氲在山坡上时聚时散，它们像是精灵，缠绕、飘飞于森林之上，聚的时候像雾，散的时候似烟。我跟妹妹穿着凉鞋走不快，在山里的小路上，雨时下时停，我们撑着一把伞，脚上全是泥。我听见父亲在我们身后跟母亲说，明年再来就去买一架相机。因为怕又下雨，我们在清音阁流连了一下午才回到旅店。

晚上，我和妹妹刚刚躺下，灯又亮了，父亲拿了一盒火柴，走到我床边坐下来。“这是个偏方，忍着点，好得快。”他划燃火柴，让火苗轻轻熏烤自己另一只手的拇指指甲，火焰在他的指甲上留下浅浅的黑印记，之后他再快速地把我的眼皮用手撑开，用被火烤烫的指甲盖按压在我麦粒肿的那个病灶上。我感到麦粒肿上面的那个小针眼火辣辣地痛，尽管内心极度不愿意，还是配合他就这样反反复复地重复了很多次，直到彻底睡着。

第二天一早我们重又出发，我的眼睛似乎好了一些，没有之前那么肿了。天公也很作美，太阳早早就出来了，我跟妹妹都换上了球鞋。我们走进山里的小路，路边随时可见溪流和山涧，它们都争相汇入远处的河里。在路上我们吃了一些饼干和苹果，在河边玩了一小会儿。河水涨得跟道路一样高，有些河道顺着山形跌宕起伏，落差很大，湍急的水流撞在河里的巨石上，水花四溅。父亲在河边捡了一块大石头，要我拿到长麦粒肿的那只眼睛边上，然后让我跟着他念彝语，他说一句，我跟着念一句。大致意思是：要长就长石头这般大，不长就不要长了。后来他才笑着说，他们小时候长了什么怪东西都这样念了好的，很管用。我们到了万年寺，在那里玩了一整天。回去的路上，我们在路边捡石子朝河里扔，比赛谁扔得远。我捡了一块很好看的有白色花纹的深色小石头，不舍得扔，父亲笑着让我带回去。

后面的两天我们去了五显岗，还去看了猴子。在峨眉山待的最后一个晚上，我们回到旅店很晚才吃饭。我的眼睛感觉好多了，不再痛了，也可能是因为这许多的趣事和欢乐让我的感觉变得更加丰富，那些表皮上的痛和我内心里的痛一样，似乎在慢慢减淡。晚上我们坐在院子里的竹椅上看星星。天又热回来了，父母用彝语聊着天，我感到开心的是他们又变回了从前的那两个人，在一起似乎永远都有说不完的话。妹妹在认真地吃着一个难看的土桃子。我小心翼翼地感受着这久违了的美妙欢乐时光，夜那么静，深色的天幕上繁星点点，我听到远处夏虫的叫声，很久我都没有听到过它们了。我知道之前它们即便是在我跟前叫，我也是不会听见的。我抬眼看着天上的星星，它们一颗一颗地离我如此之近，我认真地看它们，感到它们也在看我，连同那整座山，那整个氛围，我觉得，我们心心相印。那一刻，我泪流满面。

我们没有上金顶，却一点都不遗憾。因为我们都知道，它不是我们的目的地。我没有听父亲的话，留下那块好看的石头，我把它扔进了河里，就像扔掉我不需要的烦恼，还有那些难过。除了那块石头，我把麦粒肿也留在了峨眉山，我想我带走的是那晚的星空，我把它们带进了我的思想深处。尽管我没有告诉我的父母，但他们可以感觉得到。从峨眉山回来之后，我的生活又开始有了颜色，从前那个彩色的世界在一点点回来。

初二暑假之后我们搬了家，因为是一楼，带了一个小院子，母亲的心情开始变好，小院子里种上了她喜欢的各种蔬菜。初三的时候，我跟小红一起转学到了一个很好的中学。我在新学校很努力地学习，交了不少好朋友，一切变得越来越好。

都说时间无所不能，会带走一切，关于这个理论，我不是百分百地赞同。因为有些人，有些事情，即便是无所不能的时间也奈何它不得。就像是我的父亲，或者是他对我说的那些话，为我做的那些事情，还有他身体力行地教会我思考和对待世界的方式。那些场景，历历在目，它们并没有随着时间的流逝淡去，尽管我从来没有听到过父亲对我和家人说“我爱你”。但他的眼神、他的微笑、他的沉默甚至他的叹息，都胜过这世界上最有威力的语言，让我们在任何时候都可以清楚地感受到他的爱，并相信自我的力量。信守本真，乐于助人，与人为善，热爱生活。

九寨沟

九寨沟

我曾经一度以一种自以为正确的方式活着，但内心的自我却拼命抗拒，使我深陷苦恼。我知道我不可能就这样地活着，我势必应该在那种软弱无力、难过无望的时候在什么地方找到一点改变的决心。

一

第一次到九寨沟是在一九九九年，那年我三十岁。那是我人生第一次跟团旅行，我跟先生把刚刚两岁的幼子交给父母，买了架相机，约了两个朋友，带着妹妹就上路了。我们坐在旅行大巴上，满车的游客都操着不同的方言，只我们一行是四川的，跟完全陌生的人们一处，这样的氛围让我喜欢。

道路是艰辛的。出了汶川之后一路崎岖，雨水大、坡度陡、弯道急、大车多。大巴开得很慢很费劲，载着我们在泥泞的道路上向上攀爬。我看到窗外的货车、拖拉机和载客的中巴车，却并没有因为道路和天气太坏而减速。因为会车，有时候司机会下车去交涉几句，我们在车里焦急地等待打探结果，导游被问烦了，会扔下一句："堵车的话说不定就是十多个小时。"我们被吓得面面相觑。一路上遭遇了许多次程度不同的堵车。大巴被堵在排成长龙的车队后面，从我们堵车的位置可以看到对面山上的道路已经完全被堵死，各色不同的车占满了山那边的路，司机回来说前面塌方了，半座山坐在了路中间。时间很快过去了一个多小时，大家开始不安，满车的疑问都朝着导游去了，导游很平静地对大家说做好在车上吃饭的准备。

那对甜腻的上海小情侣一路上最迷信导游，时时鹦鹉学舌地跟在后面，此刻张大嘴巴叫嚷着："怎么可能的呀？"车上的零食香味没有坚持多久就散了，大家饥肠辘辘地在车里等待。坐在我前面的小伙子是藏族，叫格桑，云南人，一个人到九寨沟旅游。这时满车的人都大叫格桑，让他下车打听情况。格桑下去很快就上来了，他没有带来好消息，可手里多了一个鸡蛋和一块冒着热气的发糕。大家激动起来，这时车窗外已经开始有兜售食物的村民，我们从车窗外的背篼里买鸡蛋、火腿肠和矿泉水，这是十月多雨的川西高原，我们在车里被冻得瑟瑟发抖，看着跑来跑去兜售食物的商贩嘴里冒出的白气，就知道外面更加冷。一车疲惫的人在茂县住了一个晚上。

第二天上路才发觉路更加不好，弯道也更多，山势愈加险峻起来。我们时时都被堵在路上，尽管时间都不长。进入松潘的时候，全车已经有一大半的人在吐了，一对江西的中年夫妇，两个人都晕车，我们一路上不断停车等他们。他们的塑料袋随时被吐满，一会儿上厕所一会儿下车，弄得车上没有高原反应的人也开始恶心呕吐。导游把氧气袋拿出来给他们吸上，于是更多哀求的声音在四面响起，几个氧气袋就这样在车上被轮转着吸，也没有谁嫌弃谁。尽管疲惫，我依然保持着体力，因为对目的地的向往，我的内心充满了期待。

我其实一直都在等待一次这样的旅行，我很确定自己的身体和灵魂都需要从当时所在的环境中暂时抽离，尽管我是如此热爱那个甜柔的氛围，但初为人母的压力将我弄得晕头转向。支离破碎的时间、疲累和琐事让感知逐渐变得模糊和迟缓，曾经热爱的事物也渐行渐远，我彻底陷入自我与变化中的个人角色之间无法兼顾的挫败之中，深感力不从心，变得易怒爱争吵，尽管咬牙坚持着，可是内心却越来越脆弱迷惘。一次偶然地，一本旧杂志里九寨沟的一张散发神秘信息的图片让我下了决心，促使我果断地来到了这里。

我望向窗外，一条河紧紧地跟随着我们，湍急的河水顺着山势走。一些灌木长在河边的岩石上，还有一些竟然长在河道中间。金黄的树叶被劲风带离了枝干，掉落的叶子很快被水卷走。大地之上，滚动着一种成熟丰美的气息。随着海拔不断升高，秋色也更加浓郁起来。阳光更炽烈，风也更凉，山坡上渐渐现出五彩斑斓的彩林。大巴带着我们颠簸着蜿蜒前行，剧烈的晃动时时将我们带离座位，因为疲惫，许多人被惊醒了又都坚决地重新睡回去。我感叹高原秋色的浓艳，也深为那些错过路途风光的人遗憾。坐我前面的格桑没有睡，这点疲惫和海拔应该对他没有任何影响，他饶有兴致地看着窗外，有一阵我还听见他在唱歌。他的侧脸很秀气很好看，有时候他的眼睛追着景物走，头就会朝后，我们的目光碰在一起，他吐吐舌头，笑着回转头，特别可爱。

快到松潘的路上，已经是黄昏了，远处两个十六七岁身着藏袍的少女坐在停在路边的一辆马车上。她们坐在一堆装粮食的口袋上面，那些口袋很满也很软，女孩们倒坐在上面，斜对着我们。我们的车慢下来，这里是一个村庄，道路上开始有人，大巴发出古怪的声音，像一个大口喘气的怪物，我们知道它要停下来。果然，一个穿着藏袍的老年男子，在驾驶室的窗外踮着脚，把两个装满东西的塑料袋高高托举起，司机打开窗户，把东西接过去，他们俩用汉语说了几句，这时车里有人吵嚷着要下车看看村庄。我敲敲格桑的肩膀：“去跟两个姑娘打个招呼啊。”格桑推开窗户，朝她们用藏语大声喊起来。两个女孩儿本来是躺靠在那些成堆的口袋上，她们一脸疲倦，头发和身上都沾着草和灰，很狼狈的样子，听到格桑的声音，一同抬起头来看他。大巴动了一下，司机并没有打开车门，我们知道要出发了。不知道格桑跟她们喊的是什么，其中一个姑娘坐起来，挺直了身子，脸涨得通红，嘴角慢慢地向上扬起，露出白白的牙，眼睛直直地看着格桑，我第一次看到羞涩、惊讶和喜欢可以同时出现在一双眼睛里。少女灵巧活泼的眸子里，那些细微复杂、真切纯洁的情绪罕见且珍贵。就在我们的车慢慢经过她的时候，我看到她闭上眼睛，满脸春风陶醉地仰头倒向那堆口袋。格桑关上窗，若无其事地哼唱起来，一车的人重又开始那种有节奏的晃荡，一些人又沉沉地睡过去。我转头看着窗外那条一直跟随我们的河流，脑子里不断回放着刚刚高原初秋黄昏里定格的美好瞬间。

二

天已经黑尽，窗外又开始下雨，路上的车越来越多，车里的温度也越来越低，我已经穿上了羽绒服。车又一次停下来，看样子前面又堵了，我看到司机和导游下了车。后座上妹妹还在叫冷，她终于醒了。我们的那对朋友和我们隔着通道坐着，他们夫妇俩都是医生，女儿也两岁，跟我们的小孩一样大。我们五个应该是这个团里少数没有晕车、没有高原反应的。春梅漂亮贤惠，活泼沉稳，她先生胜哥和我先生是发小，我像期待九寨沟一样地期待我们的友谊可以通过此次旅程加深。春梅的厚围巾在进入松潘之后就已经系在我的脖子上了，这时候她的暖水袋又通过胜哥的手传到了妹妹的手上。暖和了我们这才又感觉到饿，晚餐时间已经过去了四个多小时。坐车很容易饿，坐剧烈颠簸的驰骋在高原秋日雨夜的车尤甚。

车终于又开始启动，一路上仍旧不断地堵车。先生站起身，从行李架上拿下装食物的口袋，一根火腿肠、两个苹果被递到胜哥手上，之后他又从胜哥手上接过三瓶矿泉水和两小包涪陵榨菜。“这是什么呀？”我又听到后座那个上海小女孩的声音。她是跟着父母一起来旅游的，吃东西的时候活跃，其他时候因为晕车都在睡觉。“榨菜，辣，外地人不会吃的。”我听见妹妹不耐烦的声音，她在下车的时候抱怨她的零食总会被身旁那个秀雅可人的“小七把叉”（饭量惊人的人）分掉一半。“好香啊！”小女孩没有放弃。我回转身子，趴在座椅上，把榨菜递给那小女孩，小女孩伸手准备接过去，“手，用手掌接。”我坚决地制止了她想要整包的意图，用力挤出一些在她的手掌里。我听到她母亲隔着通道在跟她讲话。“谢谢！”她辣得咂着嘴说。

“怎么还不到啊？”又有人在发出疑问，这话已经重复过太多遍了，此刻又在车里响起，但已经没有任何人去附和了。之前还有导游和司机交换着跟大家解释，现在他们也都沉默了。那些之前的声音也渐渐地安静了。车里的味道像一坛正在发酵的酒，人们的汗味、体味、食物没有散尽的余味，通通都混合一处，我可以感觉到它们正缓缓地融合，蜕变出一种全新的怪味儿。我推开窗户，让一些清新的空气进来，刚刚感到舒服一些，后面立刻就有人叫冷，让关窗。我缓缓关上窗，头依然看向窗外。此刻的夜是那样沉寂，车灯照着前方的道路，一些光散落在道路左侧有如深渊一般的暗黑处，那里有水流的反光。而哗哗的水流声告诉我，那河依然在我们的一侧。就这样不知道走了多久，因为寒冷和对未知道路的担忧，我的困意仍然无法使我安然入睡。

“不对，都十一点了。”终于有人再度发出疑问，是上海那对小情侣的声音，这应该又是一个无法克服的、难挨的时段。倦意和寒冷交织，我们内心的焦躁不安已经达到难以忍耐的极限。这时候车里有几个声音也跟着附和起来，于是，更多的声音加入其中，形成一股力量。

“停车！”有人高声喊了一句，紧接着，大家跟着一起嚷起来。大巴停下来，司机继续沉默着，导游从最前面的座位转身下来，睁着红红的双眼，理了一下蓬乱的头发，拿着有线话筒说：“我们现在正在前往南坪县城，今晚住南坪县。”只几秒钟的沉默之后，便是各种方言高声的质问。是的，我们与旅行社的行程合同上明确地签着九寨沟沟口入住，怎么会临时换了地点。“什么情况，为什么？”声浪一阵高过一阵，许多人都离开了自己的座位，争着朝车头拥。“大家这样七嘴八舌，我听谁的。”导游摊开手，一副无辜的样子。

于是车停到路边，上海小伙子和另外两个中年男人在大家的要求下跟着导游下车理论去了。人们又回到自己的座位上等，没过多久，三个人就回来了，车继续朝前。我们这才知道，是导游和司机因为堵车取消了漳扎镇的住宿，原本准备在松潘县住下来，但没料到过了十点，堵车的情况忽然好转，再联系漳扎镇的时候又没有房间了，于是无奈之下只有订到南坪县城（今九寨沟县城）。那个小伙子最后补充了一句：“他们说，南坪县城离景区不远，海拔也比松潘县和沟口低一些。”

起初还有人在车里高声说着不同意，但这样的意见似乎并没有得到太多支持，应该是海拔低这句话起到了关键的安抚作用。等到反对的声音彻底平息的时候，我看到通道上“小七把叉”拿着两瓶罐装可乐摇摇晃晃地朝前走。“姐姐！”她走到最前面，站住，再朝着导游的座位喊。那导游并没有意识到小女孩在叫自己，“导游姐姐！”女孩又用力大喊了一声。导游猛地回过头来，从座位上转过身。“有一瓶是给司机叔叔的。”导游伸出手从小女孩手上接过可乐，我看到她弓着背跨过脚下堆放的行李，上前抱住了小女孩。这感人的画面在车上没有引起任何共鸣，之后的路程，人们或者沉睡，或者沉默，再无声响。

大概在深夜两点的时候，大巴终于疲惫不堪地抵达了雨夜中的南坪县城。我感到自己的身体已经和座位连在一起，根本没有办法分开。我们像一群对胜利再无奢望的士兵，在大厅听导游交代完早晨的上车时间和注意事项之后，各自拖着行李箱回了房间。

我几乎是一关上门就扔掉了行李，和衣倒在床上。先生倒好，一沾到床立刻鼾声大作，我却怎样也合不上眼。一路上的堵车、高反、晕车、受寒、换酒店，如此种种，已经让人疲累至极，而之后因为酒店跟景区的距离太远，辛苦劳累还将翻倍，全然背离了我排除万难来到这里的初衷，让我失望。

凌晨五点半，一行人带着困意，穿着羽绒服和厚外套，背着相机，全副武装地出现在集合地，大巴准时开动。春梅隔着通道微笑着跟我打招呼，这一路的遭遇对她似乎并没有什么影响，她始终是那么安静优雅。而我，在患得患失中被失望和坏情绪包围着，终于还是抵不过困意，在怨愤中又睡过去。

三

漳扎镇景区门口停满了大巴，我们跟着导游排队缓缓进入。天空清透高远，没有云彩，湛蓝的天幕上薄如蝉翼的云影浮游其间，一轮红日正缓缓升起，四周层峦叠翠，秋意正浓。

游客那么多，这也是我之前没有料到的。不同旅行团的游客可以通过头上不同的遮阳帽来区分，那些红、黄、蓝、黑、紫的旅行团标志被意气风发的游客们戴在头上，三五成群，吵吵嚷嚷，我真是羡慕极了他们的兴奋。高原的初秋，寒气很重。吞掉最后一口火腿肠，感觉身上暖了一些，有了点力气。团里的人都在门口等着留影，滞留不前，看着门口如山的人群，我们五人放弃了留影，果断地坐上了景区观光车。

观光车上都是不同旅行团的人。看得出来，对于高原的天气，所有人都是一副有备而来的样子。大部分人跟我一样穿羽绒服，也有的和先生、胜哥一样穿夹克套毛衣，还有的人短袖 T 恤外面罩着一件羽绒背心。

行进中的道路弯道很多、很急，路的两边森林无边、层林尽染，飞鸟于林间婉转啼鸣，晨雾缭绕、光影游走。朝阳下，所有的色彩经过霜露的洗礼都平添了一抹秋色的沉静与华美。忽然，坐在观光车左侧窗边的人发出惊呼："哇，快看，太美了！"透过人群的缝隙，我看到车窗外隐约有水流和树林。喇叭里传来讲解员的声音："盆景滩又叫盆景海，是进沟以后的第一个湖滩。大家注意看……"我们五人从车的右侧慢慢向左侧移动。这时候，左侧的车窗前已经挤满了人，有人在车上维持秩序："拍了照的就跟后面的人换换位置，大家都可以拍拍。"随后，我们被后面的人流推到了观景窗跟前。

一大片湖滩跟着进入我的视线。这些浅滩依据山势，形成了水色清透、高低错落的水台，水台表面呈现出淡黄色松散多孔的历史冲积钙化形态，柳树、杨树、柏树和松树随意地长在水台上。车没有停，湖滩一直向上缓缓展开，树和灌木也一直在我们的视线内，于流水间杂生，在乳白色的钙化滩上形成姿态万千的奇异造型。有的挺直而立，有的随风倒伏一侧，树的根牢牢地扎在略高于水面的泥土之上，看得出来，那些树是靠着钙化物质堆积体的养分来滋养的。远远看去，树竟像是长在托盘之上的盆景，和湖滩上流动的水形成不可思议的动与静的奇妙画面，让人惊叹不已。水在树中穿行，树在水的中央。我被那些立于水中的树林深深地吸引，想象着那第一粒勇敢的种子是如何在湍急的水流之中扎下深根的，又是什么样的宿命，会使它缠绵困顿于此，百年千年，最终成林。身后相机啪啪啪地一阵狂闪，我看到还有许多拿相机的手因为空间的局促无法施展。

紧接着，车窗外面的湖滩又被金色的芦苇荡攻陷。我们的视野进入半沼泽地的芦苇海，这是进沟后的第一个海子。车内再次爆发出更加热烈的喝彩，快门的声音此起彼伏。车的速度慢下来，但仍然没有停。如果说之前的滩流奇景让我惊喜振奋，一扫旅途的疲累，那此刻眼前的景致则让我欢畅感动，全然放下了一路上磕磕绊绊的那些意难平，沉浸在九寨风物带来的欣喜之中。这是和盆景滩全然不同的景观，可它们切换得如此之快，让我目不暇接。窗外，金色的芦苇海沿着层林尽染的山谷蜿蜒而上，一条耀眼的碧蓝色河流穿行于湖中，将湖一分为二，让芦苇于湖上、湖在芦苇中的奇景，与河在湖中、湖于河外的盛景一同组合成独一无二的湖海美景。

那条被称作玉带河的狭长优雅的河流，传说是仙女的腰带化成，它明艳夺目的色彩和摄人心魄的柔波，让人止不住去联想它美丽高贵的主人。金黄色的高原芦苇，忠诚地护卫在玉带河两边，它们苇秆粗短、茂盛强健，像一群武装齐备、勇敢无畏的士兵，与印象中纤弱无力、头重脚轻的形象大相径庭。阳光下，芦苇海波光粼粼、纯净柔媚，水域若隐若现，碧蓝的玉带河像宝石一般明艳。金色的芦苇带散发着丰实华美的意境，而白色的苇絮则像鹅绒一般轻柔飘逸。突然，芦苇深处有白色的水鸟惊起，它们扑棱着翅膀向上飞跃。芦苇丛里，成双成对的鸳鸯和野鸭缓缓游出，在水面嬉戏欢游。微风拂过，芦花如雪花一般飘舞，在光影中变幻出梦境一般耀眼迷人的浪漫。湖上水鸟振翅翩飞，水下鱼儿悠然过往，这一幅刻在我记忆深处生动诗意的九寨秋日湖景画卷，多少年来始终清晰温暖，挥之不去。

四

观光车停了，我们下了车，却找不到导游和大部队。

空气是那么清新，尽管带着很重的寒意，同车的江西夫妇精神抖擞，一人一顶红色遮阳帽戴在头上，那男人脖子上挂着相机，女的笑意盈盈，丝毫没有一路晕吐过来的狼狈。大家跟着人流朝公路下方走，一个低缓的长坡过后，我们看到前方彩林交叠之处隐约有湖泊的影子，知道那便是我们的目的地。

一块炫亮的蓝在枝叶之间闪耀滚动，起初只是若隐若现的一小块，之后慢慢变大。前面看到的人激动了，开始奔跑起来，于是更多的人跟着跑，后面的人跑过我们，一个导游领着一群人也从我身边快速经过。我看到妹妹和春梅他们也在前面，背着相机跟着人流朝前拥。此刻的山林已经被嘈杂之声惊醒，几只鸟跟着人声啼啭起来，悦耳热情，它们的声音压住了人声。

四周的森林丰饶盛美、五彩斑斓，高原浓郁的秋色在这里被贯彻得淋漓尽致。蔚蓝的天宇云影散尽，太阳正拼尽全力集合彩色的光束放射出万丈光芒。远处云杉、松柏参天，常绿长青；近处红桦成林，枝条交叠，连香染金，随风摆动。各种颜色的灌木杂生在山林之间，从山顶到湖海边，从深到浅，由浓至淡，仅是红、黄两色，便变幻延伸出数十种不同的颜色，化作不同形状的树叶，在秋风中招展，灿然地环绕着眼前这一池浓艳的秋水，仿佛这缤纷的绚烂，都是为着这坦然以对的赤诚。

这是我们下车后看到的第一个海子——五花海。我不太确定见到她第一眼的时刻，是在远处坡地上第一眼瞥见的那刻，还是跟在人群之后一步步接近，再到赫然在目的那一瞬间。如果说是之前远处那块若有若无的炫亮激活了我内心热忱的期待，那当整个海子完整地呈现于我跟前的时候，便是我被那种现实超越想象的至美景色彻底征服的时刻。

湖水的颜色，初见它的人，没有不为之惊愕震撼的。我不知道该说它是蓝色，还是绿色，而这水的清冽透亮，又重新让我见识了纯净的另一面。我想起那本被我随意翻到的杂志和它上面的那帧图片，而记忆中图片上湖水的色彩又怎么可以和眼前这满池的湖光潋滟相提并论。眼前这一幕，远远超越了我之前关于九寨湖海的所有想象。如果说刚刚在芦苇海看到的蓝是我从未见过的明艳，那此刻我正凝视的这个装满奇幻色彩的神奇的海子，更是颠覆了我之前对色彩的认知。

五花海的蓝，是奇妙渐变的结果。在这之前，我从来没有看到过任何一种色彩可以有这样丰富的变幻魔力。湖边，在我们站立的前方，水色是一圈透着白光的淡蓝，像是颜料初入水时晕染开来的浅淡，若有若无的样子。朝湖心每深入一点，湖水的颜色就会变得浓一些。就这样，从远处望过去，整个湖面，便形成了若干条泾渭分明的分界线，将湖水化成满池跳动炫亮的色段。太阳，此刻正缓缓攀升到更高的天际，阳光逐渐强烈，一点点地洒在湖面上。于是眼前的湖水又跟先前看到的全然不同了，除了多出的那一分绚烂，似乎还多了一分明快。湖水渐变，光影添彩，幽蓝、普蓝、靛蓝、孔雀蓝、宝石蓝这些见过的蓝色都一一出现在湖面上，还有一些蓝，是我不曾见过的。湖心的颜色是最浓烈的部分，那种蓝比宝石更亮，比孔雀的翅羽更沉，像是两者之间的结合，又像是它们之间的分裂。当承载它的水波荡漾开来的时候，那浓得化不开的蓝便朝着湖的四周散淡开去。

湖面上，隐隐约约还可以看到一条条绿色水带，那是湖里藻类植物与光的结合。此刻它们在阳光的照耀下，显得温软通透，仿佛是包裹于蓝色丝绒之中的翡翠。水的交融总是较之于其他物质更加彻底，可是此时两种水色的交汇，却没有带来任何改变，蓝的更青，绿的更翠，它们于自身的渐变之上仍旧还有一分对自我的坚守。

我们围着湖慢慢走，看到近前淡蓝色的湖水正慢慢被翡翠一般明亮的绿色覆盖，而绿与蓝的交界之处，竟然又多出了一条棕黄色的水带，浓稠地连接在清透明亮的蓝与绿之间。这一池的湖水于是在深浅不同的蓝、绿、黄之间变幻，各自坚持着自我，又悦纳着其他。

更强烈的阳光照进湖里，水色还在继续变化，似乎每时每刻，这湖都在向你证明之前看到的不过仅仅是它的一面。石头在水中闪闪发光，已经钙化了的枯树树干在水里无声地延展，水底石块上的纹路清晰可辨，松潘裸鲤游速很快，它们的身体都细长灵活。我感到自己的眼睛似乎已经被湖水洁净了，拥有了一种不真实的探视力，除了可以探寻到更深的水底，甚至是那些微尘之下的颗粒，我也可以看到。在这里，仅仅以清澈见底来形容你所看到的湖水的纯净和清透，是那么平庸和不足。

一些云朵飘过来，遮住了太阳，散落下来的光在湖面上追逐着水波滚动，微风泛起柔波，光忽明忽暗，水色于是又开始变幻莫测。我的意识随着这五花海的水波轻轻荡漾，漂移滚动，逐渐地远离我，慢慢地滑进那蓝色湖心的最深处。

五

我们重又坐上了观光车，车上，我看到了导游，还有很多我们团的人。再次相逢，大家都没有了倦意，一个个容光焕发的样子，脸上都带着振奋的表情。窗外的景致依然艳丽、不重复。在这里，秋天像一个成熟美艳的少妇，熟透了的果子一般甜。

彩色的森林在阳光下的坡地上随风招展、异常动人，林子中间间杂着松柏，常绿的树因为没有变化，此刻显得颓败没有生气。一些树早早落光了叶子，现出枯瘦的枝干，它们应该是最早领略到秋色的那部分。道路两旁的落叶，都完整而且饱满，它们是被风雨击打掉落的，有的金黄，有的赤红，有的刚刚变色。阳光下，溢满生机的树叶，被秋风吹动着，它们中的一些会带着一点满足、一丝遗憾从树枝上缓缓落下。

更多的云，出现在天空上，天色逐渐变深，成了灰蓝色，这一切的变化来得那么快。车上的快门声根本没有停过，我看到妹妹已经可以熟练地使用那台新相机了。之前她还那么小心翼翼，可现在，拥挤的人群之中，她的手指在相机上来回滑动，眼睛紧紧地贴住镜框，变换着姿势，对着车窗外的美景，不断地快速按下快门。我把头转向右侧窗外的森林，它们离我如此之近。一阵风过，窗外的树枝开始摆动，一群鸟从枝头惊起，朝着一个方向，争先恐后地追逐而去。我感到更深的林子里似乎也有响动，那些走兽，我想，它们或许正驻足聆听。

这时候，忽然从森林里钻出几个游客来，尽管都带着红色的帽子，我们还是一眼就看出不是我们团的。“他们进到森林里面去了，那里有路哎。”车上更多的声音随后响起。我捏了一下先生的手，转头看到春梅也在跟胜哥耳语。车子停了下来。

这是九寨沟海拔最高的景点，长海，海拔接近三千一百米，也是最大和最深的海子。据说九寨所有海子的水都是从这里的地下岩层输送出去的，长海因而被看作九寨群海之母。导游话筒里的声音时有时无，这在大巴上跟大家理论那次我就发现了，当时以为是故意为之，现在看起来是设备落后。有导游的好这个时候体现得很充分，尽管在五花海的时候，没有先入为主的解说词，更能让我不受约束的想象力获得完全的自由。但此时此刻，听她在这里跟我讲这些我不知道的资讯，让我感到旅行的另一种意义。

长海幽深宁静，深蓝色的湖水透着母性的温暖和质朴。站立跟前，能感受到一种沉静与浩大的力量。作为九寨沟百多个海子的水源，据说它的水位与水量常年不变。这些水皆来自地底源源不断、汩汩涌出的清泉水。湖的四周同样是秋色的盛景，不同的是周边山的形态，更加陡峭壮美、气度不凡。山体拱卫着长海，像是人造的堤坝，也像是庄严的护卫队。远处雪山巍然，在缤纷的湖光山色之间庄严圣洁。

那对上海小情侣此刻都换上了色彩艳丽、珠片闪烁的藏袍，那女孩坐在一头白色的牦牛上，绳子牵在一个穿着深色藏袍的中年男子手上。尽管牦牛背上的女孩表情战战兢兢，但快门还是不断地被她的爱人咔咔地按下。团里的一些人在湖边那些兜售苹果、鸡蛋、土豆的村民手上买吃的，我们跟着上前买了一些拎在手里。一个游客随手扔下食物的包装纸，还有一个也把烟头扔在地上，几乎是同时，它们就立刻被村民捡起，扔进一旁的垃圾桶。这让我惊讶，想起一些随处可见塑料袋、糖果纸和烟蒂的著名景点，正在这个时候，就又听见刚刚在我们面前吆喝租藏装的小女孩稚气的声音："不要乱扔！"那女孩边说边俯身去捡一袋散落在地上的果皮，一些刚刚下车的游客也加入进来跟着一起捡。

导游乱蓬蓬的头发上顶着红色遮阳帽，这是我们团的标志。她的精神状态似乎并没有什么好转，手上的旗子耷拉着被她插在斜挎的包里，团里的一些人紧跟着她往外走，更多的人仍然留在原地。我们很容易认出谁是我们的团友，因为那顶红帽子。除了上海小情侣和春梅我们仨戴着自己的帽子，其他的人，连同我们那两位男士的头上也都顶着旅行团的火红色标志。我们五人交换着合影，大家在湖边又是一阵感慨。两位男士还想继续往山坡上走，但此时已经是正午了，大家商量一阵之后还是决定吃点东西之后下山。

六

是的，远远地观看森林，与在森林中行走，感受永远都不会是一样的。尽管我也曾无数次在山林里徒步穿行，为风过林海时排山倒海、翻卷不止的气势感慨，为四季花树绽放与凋落之间生命轮转不止的美丽感动不已。可是此刻，九寨森林斑斓多姿的秋色，独特的物候现象成就的独一无二的景致，还是让我深深震撼。

我们朝着森林深处走，山坡上古木参天、幽深静谧。杉树长青，它们跟松柏一样挺拔高直，成林成片。连香树、椴树、红桦杂生林间，树叶都是深浅不一炫目的黄，各种姿态的枫树出现在森林里，绿色、红色、金色，五彩缤纷，美不胜收。森林里不时泛起轻雾，云烟缭绕于林木之间，形成润泽、冷湿的空气，让土地上、古树的枝干上都附着了一层薄薄的绿苔。松萝悬挂在林木之上，如薄纱一般轻柔，随风摆动。青灰色高大乔木的刚毅与暗绿色松萝的柔美组合成九寨森林独有的气息，这样灰冷的暗调陪了我们很长一程，它们与之前明艳的森林又是那样不同。小径蜿蜒于森林之间，两旁的灌木上有些花开着，有些已经败了，这应该是花与树在一年里最后的绝唱。一些树上的叶和果实正悄然坠落，阳光执拗地穿过头顶的树叶，洒在我们身上。

山坡上的石阶忽上忽下，我们就这样顺着山势，走走停停。满眼的秋色，是那样丰实华美、炫目耀眼，无论怎样也感觉不到平日里那一份萧瑟灰暗的悲秋伤怀。高原初秋丰厚强健的生命力量所对应的每一种色彩，都是万物得天地滋养衍生的结果，是生命的原色。这些色彩可以毫无阻碍地走进我们内心，让我们在不断感动之间有所获得。时间流逝，四季变换，生命之色不停轮转，唯有静穆的群山与湖泊永恒地见证这一切。

我和先生拉着手并肩走在一起，我们已经太久没有这样了，什么也不用说地只是去看、去听，一味地用心感受。来自心底的自由撞击心扉带来无限欢乐，更多的热烈在身体里面汇集、涌动，让我重又感受到青春的热血和朝气。鸟雀在我们头上啁啾不止，一只松鼠从身边的一棵老树上滑下来，发出一阵响动，“哇，松鼠！”这是我许多年来第一次近距离看到它，小小的深褐色身体，身后晃动着大尾巴。它停下来打量我们，动作敏捷，眼睛闪亮，让人喜欢。没等到妹妹他们聚拢到跟前，它就飞快地跳走了。

“真的是松鼠吗？”妹妹一脸遗憾。

我们继续朝前走，清新的空气中带着一丝难得的甜味。阳光追赶着我们，在树枝之间跳动闪耀。“我爱金色的阳光，我爱蔚蓝的海洋，我爱自由的飞翔，我爱白云的故乡……”我忍不住大声唱起来。

天上的云朵开始慢慢汇积变厚，天色变得更灰，有些云的缝隙里透出深浅不一的黑色。“格桑！”我惊喜地看到他正一个人从石阶下朝上走。进了景区我就再没看到他。这个乐观爱笑的小伙子此刻背着背包，正快步与春梅他们擦肩而过。“前面还有梅花鹿，它们不怕人，我拍了好多照片，走快点的话你们应该可以看到。”格桑一边走向我们，一边大声喊着说。我从拎着的塑料袋里快速拿了一个鸡蛋给他，“真的吗？”我感觉到振奋，我们都没有停下来。“快下雨了，你们要快点走。”身后传来格桑的叫喊声。我们走了一阵，雨没下下来，但也没见着梅花鹿，正失望着，拐过一个大弯，一个湛蓝清亮的池子忽然出现在我们下方。我们一下振作起来，高喊着快步冲下陡坡，跑向那海子。

那是五彩池，九寨沟最小的海子，也最负盛名。

五彩池的名字起得好，她的确不太像个海子，因为太玲珑精致。一池耀眼的色彩此时正在忽隐忽现的阳光下变幻闪烁，活泼地滚动。碧蓝、翠绿、靛蓝、鹅黄、深蓝、嫩绿混在一处，水波荡漾，涟漪散开，推出一片一片界限分明的色段，像铺陈在蓝色绒毯上的宝石，又像是天空之上五色的彩虹。池子很浅，清亮透明，池水边散落着大大小小的石头，有一些深入到池水里。

在明艳欢快的湖水之中，石头和倒伏在水里钙化的树、游鱼、水藻，皆于波光粼粼的蓝色湖水中清晰可辨。过了一会儿，池子中心的光渐渐黯淡下来，那些滚动在色彩之上的水光也跟着暗下来，抬起头这才猛然发现，我们头顶的天空上深色的云已经连成一片，越来越低。云层上乌黑的部分开始逐渐扩大，紧接着，最后一缕射在池子中心的光被果断地收进了厚厚的云层里。风从山坡上的森林里蹿出来，带着很深的凉意，池子周边的树开始摆动起来，一些树叶被刮落，一些漂在水面上。这忽然而至的风云，天色与森林湖水的瞬间变化像是定住了我们，让我们看呆了。周边的人们开始惊呼着散开，我们依然一动不动。

“下雨了，快跑！”妹妹在一旁朝着我们大声喊。我一抬头，几滴雨水就落在了脸上。很快地，雨哗啦啦地追着下来了。这先来的急雨落在池子里，砸开平静的水面，一圈一圈的涟漪重叠着在池子里像开花的水一般朝四周散开去。雨水落在我的头上，再顺着脸颊往下滴落，季节里的凉意加上高原深谷的寒意，让雨水彻骨地冷。这冷激起好多被遗忘的情绪来，记得上一次淋雨还是在念大学的时候，和一帮同学，扔掉伞，淋着雨高声唱歌，那样的洒脱和热情之后便再也没有过了。一丝温暖跟着旧影像，连带着更多的记忆，在心底慢慢翻涌。我感到一种前所未有的清凉通透，正缓缓进入我的身体，一些死去的感觉在一点点复活。

正觉着好，头顶上的雨被先生撑过来的伞挡住了，我们紧紧地依靠在一起。我看到春梅撑着一把伞，正把相机往挎包里塞，胜哥脱下外套包住头，往坡地上的树林里跑。这一阵急似一阵的雨开始越来越大，我们朝着胜哥的方向快步走。我回过头看了一眼五彩池，急雨中的她像一锅沸腾的水，于雨雾中泛起湛蓝的、欢快明艳的浪，湖心轻纱一般的薄雾正慢慢地向四周推移开来。

七

我们在山坡上的树林里撑着伞等雨停，直到远处五彩池的最后一朵涟漪散尽，我才被他们拉着离开。走到公路上，大家这才觉着累。云层在变薄，快速游走起来，太阳透过云影照下来，我们朝着诺日朗瀑布方向走了很长一段路。

我的牛仔裤裤腿湿透了，坚持着走了一阵，还是停了下来。我和妹妹坐在路边的草地上，胜哥把外套脱下来摊在灌木上晒，春梅递给我一包纸巾，我把纸巾塞进袜子里，围了一圈，把打湿的裤腿再挽了起来。先生把他头上的红帽子戴在我的头上，我这才发现我的遮阳帽早已经不在头顶。也不知道是什么时候丢的，是在山上，还是在湖边，会有人拾起它吗？会是坡地上唱着小曲儿的牧羊女孩吧；又或者被风吹到灌木丛里，被荆棘困住，又飘到溪水边。像我这样丢三落四的主人，如果有贴身的物件掉落于此，三五年后化作碎片或是遁形于九寨山水之间，成为这里的一分子，于它们、于我来讲，那都是多么美妙的结果啊。

一辆白色的旧皮卡在我们身后的公路上出现，大家一下子激动起来，全都转身拥向路中间。皮卡停下来，一个黑皮肤的小伙子摇下车窗，我们看到副驾驶还坐着个老年男子。原来小伙子正和父亲回树正沟自己家，他愉快地答应顺道载我们到诺日朗瀑布。于是之后我们便坐到了皮卡后面敞开着的货车车厢里。

我们跟车里的货物挤在一处坐着，路很好，车子很平稳，放眼四周的森林湖海，与在观光车里看出去又有不同。视线没有任何遮挡，上下四方，前后左右，任何一个景色都是完整的。远山和天空连成片，云层仍旧在飞速变化着，聚拢又快速分离。我们被包围在姹紫嫣红的美丽森林里，那些红与黄的树叶在光影之下忽明忽暗，山崖边时不时地会喷泻出一两股山涧和飞瀑，仿佛整个山林就是一座庞大的蓄水库，而它们只是调皮的待不住的孩子。细小的水流在山岩间流淌滴落，水花溅落到四周彩色的树叶上。

驾驶室里传出欢快的藏语歌，小伙子跟唱的声音很大，他的调子好像很难踩到节拍上。我抬眼看向天空，云层已经散开，天空变得较之前要深一些，阳光重又照在我们身上。我们的四周，那灿烂的景色不断变幻着向前，像是徐徐展开的巨幅画卷。

车还没停稳，我们就听到由远而近轰轰轰的水流轰鸣之声。在这里，水的召唤，往往是湖泊无声的静穆，山涧、河水和溪流的流动声并没有如此这般的奇响。这声音，让我们又一次激动起来。我和先生最后下车，跟在春梅他们的后面。远处，我们望见了瀑布的一角，可公路靠瀑布的一侧长满了密实的灌木和树，把视线封堵得死死的。快步走在最前面的春梅忽然在公路往下的石台阶上猛然站住，转过头朝我们兴奋地一边挥手一边大叫："快来啊，快点！"说完便调转身子往下走了。于是我们加快脚步跑到那个有十多级台阶的道路边缘，在它的下方，是一个长长的略带椭圆形的观景台。

从台阶上下来，一步步走近瀑布，站在观景台的栏杆边上，这个近三百米的中国最宽瀑布的全景便尽收眼底。瀑布的顶端不是普通的山顶，在它之上，诺日朗群海星罗棋布。大小不等的海子共有十八个，据说它们是瀑布的源头。此刻，它们中最靠近瀑布口的那一两个，在阳光下泛着蓝莹莹安静和平的光，与飞流直下的瀑布悄然形成静与动截然不同的姿态。

彩色的灌木林稳稳地扎根在瀑布顶上，水流被顶端瀑堤和灌木丛分割成大小不同的若干细流，在瀑顶的断崖处形成一个九十度的飞瀑流泻角度，奔流直下。断崖边沿被水流冲刷得凹凸有致，看起来更有层次感。流水之下的断崖绝壁，经年累月地冲刷洗礼，使岩石钙化后形成各种造型的堆积和隆起。三百米长的水瀑飞流而下，发出力拔山兮的巨响，气势磅礴。水流在不同的高度跌落，击打在钙化岩层上，飞溅起珍珠一般晶莹雪白的水花，这些水花只一刹那便消散在水汽迷蒙的空气中。

让人感慨不已的是瀑顶急流俯身一跃的决绝和义无反顾的勇气，那样的夭亡牺牲和粉身碎骨，最是激越和壮烈。

连绵不断的水帘形成绝壁气势恢宏的屏障，无尽的水流同时飞悬于绝壁之前，它们坠落在瀑底的岩石之上，水汽成雾，升腾弥漫在岩崖四周，如仙境一般梦幻。我一边感慨诺日朗瀑布如刀剑一般骇龙走蛇的浩大气势，一边又为其如仙境一般空灵飘渺的宁静婉约陶醉。这时，一道五色的光圈在瀑布底部逐渐清晰起来，在薄雾轻绕之处发出五颜六色的光。“彩虹！”大家几乎是同时看到，又一同惊呼起来。人们开始朝栏杆边上拥，我赶紧抽身而退，让出位置。相机快门的声音再次不停响起，这绚丽的彩虹有如一顶至尊的王冠，加持了诺日朗瀑布的英武神勇，使其于九寨柔美浪漫的群海之间更显风骨峭峻的王者之气。

我们重又回到公路上来，观景台此刻已经人满为患，后来的游客只能在一旁排队等待前一拨的人拍完照之后再上去。我们遇到好多我们团的人，大家相互提醒着集合时间。我看到上海母女俩在义务维持秩序，有人想插队，那位饭量好的“小七把叉”双手叉腰走上前，只几句话，那些人便老老实实排到队伍的后面去了。

八

森林小道里的步行让我们感到累，五彩池边让人欢欣的急雨更是耗尽了我们的体力。可是此刻诺日朗气贯长虹的神采又让我们再度振奋，坚决地踏上了去往犀牛海的道路。此时离旅行团集结的时间只有不到两个小时，而我们之后还将回到诺日朗瀑布坐车返回景区大门。

我们朝着犀牛海的方向在公路上快步前行，除了相同的透蓝清澈、彩林点缀，我们期待着，犀牛海还将带给我们更多不一样的惊喜。整条路上此时只有我们在逆向而行，我感到身体一阵阵地发冷，吞咽也开始感到疼痛。走在前面的春梅和胜哥，他们的步伐也不再如之前一般地急速轻快。阳光依然炽烈，我感到气喘，头也晕起来，一旁的先生觉察到了，拉着我的手放在他的手心里搓揉。走了一小段，我们停下来，在公路边上的灌木丛边坐下。春梅他们也停下来了，回头远远地看我们，胜哥朝着我们用力挥手，一边很夸张地大喊："快走，敌军快追上来了！""我们不走了，就在这儿休息一下等你们回来。"先生从背包里取出矿泉水，拧开瓶盖放在我手里。我看着远处的春梅他们，很坚决地摇头。进沟之后一路上蓝天白云、高山森林、湖海小径、溪流瀑布、顽石游鱼，每一种风物都不同以往所见，让我在吃惊之余，又平添了好多期待。因为时间和路线规划原因，有几个海子我们无法去看，可犀牛海，在他们口中可是近在咫尺的啊，我怎么可能放弃。我很清楚自己必须要去犀牛海，正如这来势汹汹的身体不适，让我想起那场忽然而至让我感动的急雨，这样的障碍让我从内心生出一种必须抵达的愿望来。

我们于是重又行进在公路上，我吃了春梅给我的感冒药，又被他们强迫喝下去一整瓶矿泉水。在路上，我依然感到身体沉重、浑身无力，大家呈纵队朝前走，压尾的是我和先生。这一直无法抵达的咫尺之近在身体极端不适的我看来，分明是天涯之遥。

犀牛海终于到了。这沉寂的海子，比我们之前见过的湖海都更沉静安然，一副与世无争的模样。蔚蓝色的湖水连着山腰，湖水深广、水波不兴。

静如镜面的湖面，没有一丝波纹，半山美丽的秋色整个地倒映在蓝色的湖面上，清晰如镜，让人分不清虚实。远处两座山的夹缝之间，松柏成林，彩林在对面近湖的山坡上夹杂着生长。我第一次看到明黄色的枫树，它的叶片顶着光，那样的炫亮无法用语言形容，它们枝叶婆娑，在靠近湖边的上方成片地生长。周围是一些深深浅浅偏橘调的黄叶，然后，隔着一小片常青的林木，猛然地，又是一圈一圈密密杂生着的红叶。姿态好看的灌木和挺直的乔木交错而生。此刻，太阳已经隐没到一座山的后面去了，但它的余晖仍旧长久地停留在山上的彩林之间。湖水暗下来，光已经到了山坡上。我们一行人就地坐在海子边上，大家都没有说话。

我的眼睛停留在湖边大大小小的鹅卵石上，慢慢地又滑向湖水里，这卵石一直朝着湖水深处去。近前的湖水透出陈旧的黄和鲜嫩的绿两种色彩，石头静卧于湖底，一些结晶体固执地附着在它们之上，那样清晰，一直到远处更深一点的湖水里，我仍然可以看得见它们，那些平日里不得见的透彻正一点点牵动着我的心。我喜欢在热烈的情绪平复之后，慢慢透过思想游走的轨迹，找见它留下的理性结果。此刻，我的热情、好奇心、脑子里那些稀奇古怪的想法，都在这难得的安适中慢慢释放，像深水里的绿藻一般于暗流中摆动起舞。

我的内心充满愉悦，在这安谧的氛围里。这里的每一个部分，都散发着一种崭新的快乐。简单、平实，尽管初见，却像是我之前所熟悉的一切，森林、湖海，还有坐在我身边的爱人，他宽厚的臂膀和微笑的眼睛。这温暖长久不去，留在我心里，将我从来到这里之前很深的迷惘和疑惑的桎梏中彻底地解放出来。

我们终于在六点半左右辗转回到了景区门口的集合地。上了大巴，我们才松了口气，看起来我们并不是到的最晚的。这辆载满人的车再次启动的时候，我感到车里的气氛，连同所有人的情绪都变得满足和快乐。尽管人们都疲累不堪，却一个个精神抖擞，欢笑声此起彼伏。格桑开始唱起歌来，全车的人都为他打节拍。这样的情景，让我联想到《荷马史诗·伊利亚特》中描述的特洛伊战争结束之后的情景，我们就像希腊士兵看到美人海伦之后的心情。只一眼，九寨沟便让我们彻底地心悦诚服，我们再无怨言，将之前的疲累与不快忘得干干净净，转而将那些辛苦视作有趣、珍贵的回忆。

第二天我们去了黄龙，第三天参观完川主寺之后我们一行原路返回。回程的路上，看到的还是来时的那些山和那些景，只是心情再不复当初。九寨沟清冽透亮的水，独有的色彩，灵动的风物，童话世界一般美妙纯真的氛围，组合交融成为一幅幅印入我脑海里难以忘怀的图景。而它最值得珍视的那一份洁净赤诚的品格，更是彻底地进驻并深刻地洗礼了我的内心。

九寨沟的湖海瀑布、山涧溪流与我之前见过的湖光山色是那样不同。它的明艳超过我见过的所有色彩，而它的清冽纯净才是使这一切更有意义的本质。无法想象，在漫长的地质演化过程中，九寨的水是如何做到坚守本质的。那些曾经的地震、灾变之后，山河重塑、湖海变幻，它们中有的变作了谷底的溪流，有的被山体埋葬成为暗河，还有的成为新的湖海。可是无论大地怎样改变，这些泥水交混的浊流最终都会通过自我清理和净化重新回归本质，变得清亮纯净。这使我想起我的那些彷徨和苦恼，一边生活一边丢失的珍贵的思想、观点、勇气和个性。

是的，在这个奇妙的世界上，我们必须相信，所有令我们疑惑不解的问题终有答案。它真实地存在于某一个地方，蛰伏在我们的世界里，是真理的一部分。如果我们足够赤诚，总是能够在某个时刻得以寻见。它会以一种特别的方式，传递给我们勇气和决心，帮助我们在困顿迷惘中获得方向。

或许之前到九寨沟的初衷只是一次单纯的旅行，但我想最终我得到的远不止于此，这让我时常感慨。我想起我祖先典籍中蕴含的一些智慧和哲理，他们认为世间万物有灵，都有奇妙的联系。

神鸟

神鸟

“黑颈鹤，大型涉禽，世界唯一的高原鹤，藏北高原沼泽湖海的主人，濒危珍禽。一夫一妻，出双入对。如果它们中的一只死去，另一只也会因为哀痛跟着死去。”这是在若尔盖花湖初见黑颈鹤时导游的讲解词。这最末的一句，震惊了观鹤的我们。大家面面相觑，之后便是滔滔不绝的感慨。而我，很奇妙地，在一种虚无力量的推动下，像是陷落到另一个时空的暗流，一时间无法抽离出来。

眼前十多米之遥的湖泽之中，那两只正对着我们的黑颈鹤，其中一只，单腿站立着，正将长长的颈项埋进自己身后的翅羽之中。而身侧的那位，则将长喙慢慢伸向湖泽之中四下逃散开去的鱼群。它微微张开的翅膀透出极度的满足和惬意，这姿态使它看起来像是一个满心欢喜的追逐者，而非饥肠辘辘的猎鱼者。当它轻轻扇动羽翼，这土地，连同之上的一切，便立时有了一种温暖的回应；这和平安然的宁静，也如闪电一般迅速延伸并波及整个水域。

二

第一次看到黑颈鹤是在十年前盛夏的若尔盖草原。虽然已经过了花期，七月中旬的草原，仍有一些没有被雨水摧败的花在阳光下的草地上零散地盛开。这是我第一次驾车在高原上行进，尽管路变得越来越平直，驾驶却逐渐开始艰难起来。高原反应让头顶像是灌了什么东西进去，又涨又痛，人开始变得迷瞪，眼睛也跟着有了反应，越来越沉重。我们一行两辆车似乎都遇到了同样的问题。终于，我们还是把车停在了路边。我们先是颓然地倒坐在一边的草坡上喝水休息，后来就干脆走进草地里。大家或者坐着，或者躺着，或者在草地上变换着姿势拍照。

头顶上的云一朵朵结成白色的姿态各异的奇景，低悬在空中，一动不动。那蓝色的苍穹除了云朵，纤尘不染，竟连云影也没有。我们就这样时停时走，边走边看。车上不断有人发出惊叹，天边的云远远地在前方连成片，仿佛海浪泛起的时刻，又像是神秘的炸裂之后白色的浓烟源源不断，滚滚而至，在远处气吞

山河。绵延起伏的山脉低缓宁静，随着草原的纵深逐步退隐到看不见的远方。草原在阳光下万里无垠，当车子抵达热尔大坝的时候，已经是正午。为了赶路，我们的车并没有停下来。

我们并不像是彻底错过了花期，热尔大坝草地上仍然有小型的花带和五色花海，这让我们欣喜不已。车子在低缓的道路上随着地势的起伏前行，记不清前路已经多久没有弯道了，我们就这样顺着一条笔直的路，直直地插进草原的心脏。

我不知道是如何走在通向花湖深处的木栈道上的，这如诗画一般美丽的湖泊在广袤的大地上变幻出沼泽和草原不同的风光。身后的草原将眼前的景色包纳入怀，我知道花湖前面更远的远方，也还是深广的草原。

近处可以看到有水从草地的缝隙中露出来，走着走着，有的地方缝隙逐渐大起来，而水域也就一片片地渐渐露出来。水浅的地方我看到了黑黝黝的泥土，它们在青草之下，于水中凝结成片。而那些草因了这水里肥沃的黑泥长得油亮葱翠，比草原上其他地方的草要高壮出许多。太阳照在沼泽上，丰美的草地上光影飘移起落，在草地与湖泊交接的暗处泛着光。

这是我国最大的泥炭沼泽，放眼望去，各色草花繁盛其间，禽鸟鱼虫嬉戏其上，草滩将湖泽分割成疏密有致、大小不等的草海。一种随处可见的浅黄色小草花明丽亮眼，一簇簇地杂生在湖泽上，精灵一般地蓬勃招展、活泼绽放。我们顺着栈道进入花湖的最深处，远处水面开始变得深广，连片的草地隐没在湖海之中，而近处仍有一些星星点点的草在湖水之间固执地探出头来。

花湖的柔波在阳光下安然等待风，如镜面一般澄澈透亮的湖水此刻没有一丝涟漪。蓝天与白云通通倒映在湖中，甚至那一丝挂在天空的云影，此刻也在水中与草一处，伸手可及。在这里，湖并不是唯一的主角，湖上的花草、虫鱼鸟兽、远处的天空与云、太阳和风都是，它们一同组成眼前这片生动的湖海。

草原之夏是花的盛会，也是一场禽鸟虫鱼的派对。灰雁拖着肥胖的身体，在湖滩上茂密的草丛中来回踱步，憨态可掬，导游笑着说，到了九月，它们都将因为过于肥胖而无法行走。棕头鸥浅咖色的头、红色的嘴、灰白色的羽翅很是好看，一群群向空中扑棱棱地飞起，又缓缓降落在远处的栈道上、湖水中。骨顶鸡是一种有瓣蹼的善于游泳的鸟类，通体黑色，却有白色的额头和嘴，它不断将头探入水中寻觅吃食。而湖里的鱼类则有黄河裸裂尻鱼、花斑裸鲤、高原鳅等等。

正感慨着前行，忽然，两只黑白相间的大鸟，由远而近，进入我们的视线。“哇，黑颈鹤！”人群中有人惊呼。两只鹤长长的头颈努力前伸，细长的双脚与身体保持成一条直线，在空中舞动双翼，翩然而至，停在了我们身后栈道旁十多米的湖泽之上。这座以草原闻名的县城，若非沼泽周围放牧的牧民，即便是当地人，对这种全世界仅在高原才有的珍禽，也是难得一见的。能得一见，在草地，从来都被认为是好运和祥瑞的象征。导游解说完黑颈鹤的习性特点，扔下震撼人心的最后那一句，我们这行人便像是被施了咒语，在惊讶叹服的表情之上又多添了一分庄重。

眼前这对黑颈鹤夫妇比我想象中要大得多，它们健硕挺拔，黑白相间的身体散发出一种素朴的古韵，暗藏于对立的色彩里。从头顶至颈部的黑色如黑发齐整而下，包裹住整个颈项。灰白色的身体仿佛被晕染过一般，现出模糊的白，尾部的毛羽逐渐收拢变为黑色，而翅膀的末端，也都是黑色。这一头一尾的黑色果断坚持，让人感觉这身体其余灰白色的缘故与之关联密切。当细长的双脚在草地上轻轻走动，那头顶上的一点红也随之缓缓移动。优雅轻盈的姿态中藏着一丝桀骜的力量，使人看到的不只是鹤的仙姿绰约，更有独占高地水域神鸟的傲慢和尊贵。这一对若尔盖花湖精灵始终一处，或者交颈颉颃、爱意绵绵，或者扇动羽翼，在草花间跳跃嬉戏。当其中一只专注于觅食，另一只便会紧随其后，始终不离。

第二次看到黑颈鹤，是在一年之后，一群黑颈鹤在秋日金色的草海之上，于远处振翅飞过。

是的，它们中的一只若是死掉，另一只也绝不会独活。于是，在静寂中不时从我脑海里跳出来的这两句话，连同黑颈鹤，便扎根在我深深的心底，挥之不去了。

二

再次到天边的若尔盖，就不再单单为了观湖看花，对黑颈鹤的期待虽觉得是奢望，却还是在心底暗暗地生了根。

到达花湖的时候，还是被眼前的变化惊到了。这才恍然感到时光悠悠，逝者如斯。记得之前景区大门对面是一间简陋的旱厕，游客零零散散，除了少量的自驾车，也就只有几辆旅游大巴。如今气派的景区大门、游客中心、停车场、不断进出的旅游大巴、成群的导游、新修的栈道、休息点、栈道上志愿者的供水服务，让人耳目一新。

走着走着，沼泽之中水开始变得多起来，顺着栈道往花湖深处走，藏鸳鸯出双入对，灰燕、骨顶鸡嬉戏追鱼。那个熟悉的水草杂生，鱼鸟嬉戏，花开满湖，云影倒映湖中的绝美景致呈现眼前。

真切的期待总能如愿。这神奇的花湖，祥瑞之所。于是，远远地，我再次幸运地看到了黑颈鹤。在离栈道很远的沼泽深处，两只鹤在正午的阳光下觅食。由于光线过强，距离太远，我仅看到两只模糊的剪影。当导游提示游客们是黑颈鹤的时候，人群中爆发出热情的欢呼和掌声。尽管花湖美丽的草海丰沛多情，天与湖的倒影恍若幻境，美不胜收，这样的盛景却无法在我的脑海里流连。而黑颈鹤，只远远模糊地一见，便长久地盘桓于我记忆里不去。

之后，黑颈鹤便时常停顿、翩飞于我的思想深处。于我的案头之间，望向远处的车流与大厦组合成的画面里；又或者在梦里，在虚幻的想象的延伸中逐渐成为真实的热爱。我不停地搜罗有关它的资料信息。若尔盖，因为这黑颈鹤，彻底地进驻我的内心。

三

四五千万年前就生存于地球的鹤，我想它应该比我们更了解宇宙星体的奥秘，更洞悉自然万物的本质和规律。如果说人类借助传说去推测没有文字记载的远古，万物起源的奥秘，是浪漫可行的生命探索，那我此刻愿意循着这样的轨迹，去想象比人类历史更加久远的黑颈鹤的存在源起。

侏罗纪晚期的始祖鸟是神鸟吧，它一定没有跟随其他恐龙一同灭绝，我想它一定是化作了停顿在时间某处的精灵，在经过漫长的白垩纪之后，最终演变成了鹤。我不知道新的物种在诞生之前，大地会有怎样的疼痛，就像孕育生命的母亲，在分娩时的阵痛。但我知道，地球的诞生，是宇宙在炸裂中完成的痛苦的分娩。而地球纪年自诞生之后便不停向前，古老的物种灭绝，新的世界涅槃重生。

我无法想象第一只鹤在成为鹤之初，会是怎样的景象。或者说它从另一种截然不同的物种变作鹤的时候，一定酝酿了很久很久。又或者，那时候，时间并不存在。我曾经幻想着，那样的巨变应该是肇始于一场旷世罕见的大雪之后，因为只有那种缓慢而至静穆的美丽，才可以触动一直积蓄在母腹之中呼之欲出的生命。但我很快就否定了自己，因为这样温暖迷人的场景是不可能催生出如此坚定忠贞、强悍灵性、绵延不绝百万年的物种的，那个过程必定是复杂而且苦难的，需要借助灾难和毁灭的力量才可以完成。我于是再度进入到一种更加深入的想象中，想象着末日来临的前夜，烈火浓烟，天昏地暗，大毁灭前走投无路的绝望，迫使最后一位灵性的母亲在诞下血肉模糊的生命之前，用意念使自己的孩子拥有了神一般的翅膀，逃向天际，远离死亡。我无数次在梦里看到那双神奇的白色翅羽在焦黑的大地之上徐徐展开，那地狱一般恐怖的死亡之上，白色的涅槃在空中飞升。

这世间有十五种高贵美丽的鹤鸟，而黑颈鹤无疑是其中最尊贵的一种，人称珍禽之冠。据说一百八十万年前黑颈鹤就开始南来北往地迁徙。令人惊讶的是，这个比人类更早以地球为家的生灵，与古老的“活化石”大熊猫一样，被大自然以自己的方式塑造成了黑白相间的生物。这稀有的黑与白的间杂，仿佛是时间尽头生命的原色，那些曾经的万紫千红都被时间无情地淘走，而大地的黑与雪花的白，是宇宙混沌初开，洪水泛滥之际，时间与世界最初的样子。这一世一轮的五颜六色、斑斓美丽，都终将消散殆尽，唯有这黑与白的质朴本我，才可以跨越地球纪年漫长的界限，在下一个轮回中重新开始。

作为我国独有的世界唯一的高原鹤种，目前黑颈鹤仅有一万只左右。如果是高原恶劣的自然环境使黑颈鹤的生存陷入危机，那它在漫长的数百万年间本来可以有无数次机会选择到安适温暖的地方繁衍生息，身体力行地实践物竞天择的真理。但事实是没有。这数百千万年的天崩地裂、飓风雷霆、洪水滔天，它们没有消亡；这大地之上的饥荒旱灾、草木倾覆，它们没有衰亡；这南来北往的迁徙、天敌的围猎、人类的捕杀，它们仍然不灭。黑颈鹤，高地神鸟，灵性的古老物种，时间和空间的骄子，它们曾见识过最辽远的天空和土地，看到过最美丽的景致和最动人的故事。或许是因为见证过无数物种的毁灭和爱的消逝，它们才从漫长的时间和变幻的空间中寻得同一个真理，使生命的火种可以在濒临毁灭时得以传递，并不断得以升华。

四

无数生命望而却步的高地，夏季是它最美的季节。星星点点泛着光的水凼、湖滩、远处的雪山、近前的湖、凄厉的风、随时飘落的雪、炫目的阳光、湛蓝的天空、低垂的云朵、结了果子的树，还有开满花的草原……因为氧气的充足，万物的生长会在夏季达到极致。

我在松潘到若尔盖的路上曾经遭遇过初夏的雪，这种天气在高原十分常见。五月末的一天，我们在行进着的车里百无聊赖，直到两三片白色的雪花飘过。在我们的惊呼声中，车窗外面的雪越来越大，纷纷扬扬，漫天飘飞。尽管车上的朋友说这个季节的雪因为气温高的原因堆不起，很快就会化掉，我们还是在兴奋与欢笑中沉醉于夏日雪花带来的美好氛围里。

一年中大部分时间都在飘雪的雪域，本就不是我们所了解的寻常世界。随处可遇的冰雪仿佛是它的性情，而那让人生畏的海拔才是它的本质。它的严酷同它所具有的特质一样稀有，又充满矛盾，正如它的外表浪漫热情，而内心却冷酷骄傲。高地上的草木花树、飞禽走兽，都是大自然选择的结果，它们强健的基因和旺盛的生命力，使得它们不仅可以在高地存活，而且还同时拥有了这一方水土赋予它们的灵动美好的姿态。即便是同一棵草、同一只虫、同一棵树，如果它们生在高原，严酷的环境其实已经从根本上改变了它们，迫使它们的个性和特质得到延展和重生，有别于其他同类的性情和姿态。

若尔盖草原拥有全世界面积最大的高原泥炭沼泽，也不知道它们究竟成就于哪一个遥远的纪年，这使得它的湖滩充满了神奇的色彩。在它之上，生活着许多这个世界上独一无二的珍禽异兽，而黑颈鹤便是其中之一。

黑颈鹤始终不愿意走出它的家园。无论栖息地、繁衍地，还是越冬地，它都执着地守护着这大地之上对所有生命来讲生存都最为艰巨的高地。为什么？是什么样的依恋和情感，又或者是必需的存在原因，使得黑颈鹤不能离开？我被它深深地吸引。变幻莫测的气候、稀薄的空气，雪域危险艰难的生存环境，让许多物种知难而退，止步不前，而黑颈鹤是因了什么选择了高地，继而在这里生根，百万年不知疲倦地往返迁徙繁衍？这个问题我没有答案。

或许是高原离天空和太阳更近吧，又或者是某一次飞过草地时那一箭穿心的惊艳吧。我想象着鹤群从高空飞越时，两只始终俯瞰大地的鹤慢慢脱离了队伍，降落在高地草原盛放的奇景之上，那是大地美得让人落泪的核心，是白日炽烈的阳光，如真理一般的圣洁光芒；还是暗夜里群星闪耀，辉映于草地湖泽之上的点点微光，这些光让黑颈鹤惊艳驻足，长久地停留，无法离开。当然，土地的颜色、青草的气息、高地生灵的友善，都让它们心生欢愉。清冷的空气正一点一点透出寒意，这惬意的舒畅让它们想到了天空，在飞翔的时候它们的身体时时感到寒意，并因此愉悦，这熟悉亲爱的感觉最终让它们留了下来。

高地的壮美与丰沛超越了黑颈鹤的想象，使它们在未来的每一天都感到新奇。尽管地质变化和灾难千百年来随心所欲地改变这块土地，它们的热爱却与日俱增。黑颈鹤见证过太多物种的衰亡和消逝，有些是它的食物，有些是它的敌人，还有些是它的朋友。它感到难过，却也坦然接受。岩层断裂、大地陷落，草原在蛮荒的新生高地之上又重新萌发，雨雪交替，新的河道和湖泽形成。黑颈鹤在天际徘徊、飞翔、辨认，最终降落。是的，这印刻有它足迹的土地，无论怎样的改变它都识得。它们清楚地认得沼泽之上的每一棵草、每一朵花，它们知道，这些生命在今年死去，还会在明年的某一个时间里再活过来。

自黑颈鹤在沼泽里艰难地孵化出第一个生命开始，高地便成为它们理所当然的故土家园。新生命的到来撑起了它们世代繁衍的生存密码与谱系，自此永恒地与高地联系在一起。

五

在唐克镇到若尔盖县城省道的路边上，临近黄昏的时候，我再次见到了黑颈鹤。在道路右侧很远的地方，两只黑颈鹤正在夕阳下觅食，它们走走停停，雨后初秋的草原，一些草已经开始变黄，星星点点的水凼出现在草地上。厚厚的云层里不断有光透出来，远近的草地明暗交替、深浅不一。我们在那里待了很长时间，之后又继续前行。没走多远，转头又看到了另一个奇景：五只黑颈鹤正在离我们不远的道路一侧的草地上优游。我们惊呼着下车奔拥到路边，看到在离鹤群左边不远的地方，竟然还有三只。这里是不容易看到鹤的，同行的朋友说，这里离湿地还有一段距离，一般来讲它们是不会离开栖居地的。我们在非黑颈鹤领地的地方前后看到了十只全世界最为珍贵的鹤种，这让我们兴奋的同时，也为之深深感动。

眼前的鹤群离我们很近，这里不是保护区，如果我们愿意，是可以下到草地里去的，这样便可以零距离和它们接处。可是，没有人愿意下去惊扰这些神鸟，大家都站在原地，默默地看着它们。三只鹤慢慢地回到了鹤群中，两只身形较小一点的移动得很快，显得活泼快乐。我不知道我们在那里待了多久，最后又是怎样离开的，这一次邂逅是如此意外，让人惊喜和甜蜜，如梦幻一般。之后的许多天，我们的话题常常会从其他事情开始，最后总会又回到它们身上。是的，不只是我，对于每个人，这古老的神鸟似乎都有一种不可描述的神秘控制力。

我一直相信经过时间洗礼之后的结果，认定真理总是在时间的淘洗之后才会给予我们真正需要的答案，一如爱情和忠诚。我因此更加相信黑颈鹤关于爱情的态度是时间赐予的答案。地球上还有一些生物同样保持着这样的选择，高原黄鸭、墨尔本企鹅……尽管它们并没有黑颈鹤古老。

对于爱情的理解和标准，人类在每个时代都有自己不同的认知。但是追求忠贞的爱情，却是人类永远的理想。两个独立的生命个体，因为感官的亲切生发出美好强烈的爱意。看到的、闻到的、听到的、触摸到的，现实与想象构建起身体与精神的极度渴望，这情感，使人变得高尚而美好，充满再生的勇气。可是人类复杂的生命过程蕴含着太多变数，让我们在生存的忙乱和困境之中，牺牲了许多至为珍贵的生命体验，使来之不易的爱情常常饱受折磨，夭亡毁灭。这让我想起黑颈鹤，如果它们中的一只死去，另一只也会因为哀痛随之而去。

初春三月，高原还在飘雪，但是已经归来的黑颈鹤并不在乎。它从寒冷的空气中感到振奋，它闻到生命的气息在荒芜中积蓄，由远而近。当第一声春雷在草原炸响，土地之下，天空之上，人间炽烈的生命之火被点燃。黑颈鹤于巨响中猛然睁开双眼，它知道，这是暗藏于黑夜中古老的暗示，千万年也不会熄灭的熊熊生命之火，此刻，正一点一点地从远处赶来，来到它的身体里。黑色的天幕下，它感到自己健硕的身体内一股强悍野性的力量，伴随着一种从未有过的自由和冲动，于快乐中生发。夜开始漫长，渴望滋长，冷风也吹不灭，一个影子闪进心海。

朝阳里、湖海边，群鹤翩然而至。草原也只有在万物生发之际，于这般躁动激越、充满期待的时刻，才可以孕育爱情。冰河在远处炸裂融化，那暖意和欢愉藏也藏不住。附着在岩石上的泥土，因为解冻，变得松软起来。那枯死的草根，重又跟泥土紧紧结合在一起，尽管高原的春天总是晚于其他地方，但黑颈鹤一定是最早领略到它神奇美妙的物种之一。也许是翱翔天际，翻越群山的眼界与情怀，才可以使它在俯瞰江河大地时充满热爱与深情。那广袤土地之上的一点一滴在它眼里才又重新变得尊贵和有意义。虽时时遭遇危险和死亡，但因为爱情，黑颈鹤无所畏惧。

鹤群中呦呦欢叫、昂首而过、振翅翩飞的那一只，终于还是款款来到爱人跟前。万语千言，深情一眼，之后便是天空中比翼，云端上齐飞。黑颈鹤与爱人鹣鲽情深、琴瑟和鸣，它们一同湖边嬉戏觅食，于晨曦中快乐追逐，在夕阳下幸福相伴，出双入对。尽管在人类眼里，黑颈鹤似乎并没有什么分别，但它们在彼此的眼里，却是这世间的唯一。从姿态到气息，只一眼，便一生。我知道黑颈鹤是怎样在鹤群中辨认爱情，选定爱侣的，却不知道，也无法想象，它们会以怎样的仪式来见证爱的盟约。是在空中展翅翩飞，欢叫追逐，呼唤日月星辰为证，还是在大地上鸾凤交颈，爱意绵长，请来草木花树为媒？

黑颈鹤见惯了生命的衰变、退化和消亡，看惯了背叛、杀戮和死亡。它在时空里辗转行进，欣喜、惊愕、痛苦、焦灼、沉默。一任世界在繁盛后绝灭，沧海桑田。在它身边，多少强于它，或者优于它的物种，都在它跟前灰飞烟灭。它或许不是唯一一个了解灭种缘故的生灵，但却是唯一可以做到最终存留下来的那一个。我试着想象爱与忠诚这样的品质怎么会成为刻入黑颈鹤骨髓里的基因传统，从此在它的身体里生根并沿袭下来。

当黑颈鹤振翅飞向天际，在天空之上俯瞰众生，世间所有完整齐备的一切在高空之下不过都是残缺的部分，一切隐藏和欺瞒都无处遁形。它们可以飞那么远，看到那么广阔的天地，接触那么广泛的生灵事物，拥有那么多故事。可又是什么力量使它们选择一生只信守一份承诺?

苍穹之下，万物有序。我于是更加肯定，那些深藏于大自然的奥秘，它们的答案其实都简单纯粹。爱与忠诚，应该就是这个不断淘汰物种的地球上，生命得以存续的天道。穿越了时空、延续了百千万年的稀有物种黑颈鹤，它永恒存在的方式其实就在于此。是的，人类在地球上目前仍旧属于最年轻的物种之一。我们或许可以从刻在黑颈鹤基因里的品格传承上得到人类繁衍存续应当信守的真理。

当然，我们不可能简单地以一种飞禽的生存方式和生命观点来比对人类，这显得偏狭和不公平。但其实，我们都很清楚，真理对于地球上的所有物种而言都是唯一的。人类从古至今仍在歌颂和赞美的依然是忠诚和爱。

黑颈鹤每年都会在高原冬天来临之前不远万里飞至南方低矮一些的高地越冬。庞大的越冬队伍长途跋涉，一路上尽管险象环生，但总能在历经劫难后如期抵达目的地。南高原温暖的阳光和丰富的食物让它们感到安宁和快乐，它们保持着警觉的群居生活，也在那块土地上找到了慰藉。可是，它们似乎从来没有停止过思念，思念那一块如烙印一般深刻地印在它们血脉里，生发爱情、繁衍后代的土地。

藏北高原的神鸟在温暖的南高原栖息等待，直到冰河解冻，汹涌而至，春天从土地的核心重又长出来。它们便会在某一天重新启程，回到那片永恒挚爱的草地。

水

水

许多时候，我的意识或者说是灵魂，会跳脱出我的身体，去往千山万岭之外我未曾经过的地方，丛林、沙漠、峡谷、深渊，或者是土地的深处、植物的根系，又或者是天空的最高处。我通常是以一种流动或者是奔涌的姿态，在柔软的荡漾或者是激越的穿行中完成我思想的旅程的。这使我坚信我的一部分，或者说是我的意识的本质应该是水。

如果水是我的本质，一滴雨、一片雪花、一粒霜、一颗露珠、一条欢快的小溪和澎湃的江河，一个安然的湖泊和汹涌的大海，甚至是蒸发的水汽，化为无形，朝着天空升腾，那也是我，都是我。我至纯至洁，却没有你看到的简单。我柔顺悦纳，却没有你想象的温柔。我暴怒狂野，却始终安静优雅。我虚伪善变，却永恒炽烈忠贞。我从天而降的时候，时常借助风的狂乱，雷电的暴虐。但大多数时候，我皆寂然而至。

雨

世界上有文字的民族几乎都有洪水滔天的神话传说，而史前大洪水已经被科学证实。我们生存的这个星球，据说在完成星体形成的初期，曾经历无休止的地震和火山喷发。这飞沙走石、岩浆四射、浓烟滚滚的世界持续了很长时间。直到灼热的气体带着二氧化碳和甲烷，在大气层的作用下产生了液态的水。而地球之后连续不断地下了数百万年的雨。浓烟、迷雾和高温被水驱散，地球成为一个由海洋、湖泊、河流、小溪、瀑布和陆地组成的蓝色星球。

我一直相信只有神的安排，才会有第一滴雨水顺利地降到地面。为什么地球有大气层？为什么会有雨水降下来，而且是一直持续了百万年？这炽烈的火球是如何被雨水浇灭的，成为那个涵养万物的生命之源？

作为雨，我真的不知道，也不记得我是如何从天而降的，更不确定自己是不是那最早的一滴。但我知道，尽管我来自天空，但那里并不是我的故乡。我无数次感觉到一种热烈、赤诚的召唤，长久地存在于我的心底，我把它理解为使命。我的想象因此从来不止于天空。我时常幻想着从空中降下的速度和落差，那失重的感觉，分崩离析的痛楚，还有无时不在的惊惧和不安。

我从哪里来？是的，我应该最早是在大气层里游走，之后在云层里。我曾是那样安适无为地待在那一块轻浮飘渺，变幻无穷的地方，与我的同类一处。这让我误以为我也是一片云，或者云影，可是，我知道我不是，我的内心深刻地暗示我并不属于那里，那虚幻的无力和空旷，使我勇敢的灵魂感到疲累和局促，我时时被饥渴和希望折磨，我在等待，等待一个理由，使我可以离开，也在等待一个机会，能够离开。

一个响雷炸开了真相，或者是一个闪电，让我在一刹那看到了我生命之路的缘起。我或者跟我一样的飘移，因为见到了真理变得狂喜和兴奋。黑暗里，天地因为耀眼的光芒连成一体，在这样的瞬间我确认了自己是源自火焰的核心，是地底沸腾的岩浆之上永不熄灭的烈焰，是烈焰之上可以照亮一切的光。是的，我曾是滚烫的气体，来自大地深处，不属于天空，也不属于云，我只是一个过客，停留是因为需要积蓄力量。如果回到地面是一次不确定生死的旅行，那我宁愿毁灭也要回到我来时的地方。于是我的生命充满了期待，在一个谁也没有料到的时刻，我等到了那个机缘巧合，也许是我的运动、奔走、呼号，终于有了一个结果。一个声音从最遥远的天边传来，穿透空气，一束光也随之而来，我四周的世界随之亮起来。我感到强烈的吸引力控制住了我，我从未感受到的新奇和愉悦由此发生。这神奇的力量来自地面，它抓扯住我，将我拽向一个深渊。在急速的旋转之中，我隐约地看到美丽的蓬勃，它们覆盖于焦黑的大地上，这是我从未见过的鲜亮，我后来才知道这是绿色，是生命抵达之后的色彩。

我听到了那绿色的召唤，一次一次地，直到时时刻刻，而这蜕变就在眼前。不安、拥挤、堆叠和汇集，强大的漩涡一时间吞没了我，在极端的冷和极端的热的作用下，我在空气中开始翻卷起巨大的气流。

当我化作雨滴降落，那种涅槃的幸福使我忘掉了过程的艰难和苦痛，让我由衷地感动。我对自己拥有的重量和力量感到吃惊和欢乐，那向下急速的坠落却并没有使我有丝毫的不安，这正是我所期待的，永远地告别那曾经让我厌倦和害怕的轻浮于空中的虚无。这从天而降的幸福，让我阅尽世间所有最美最磅礴的风景。我看到无边的松林，随风起舞，那翻卷起伏的林海，气势磅礴，于静穆中沸腾，撼动群山。我看到荒漠里那最后的夕阳，被云彩拱卫，与大漠融为一体，那华贵耀眼的金色胜过天庭的光辉。我看到生命的绿色，跟我在散淡恍惚中所想象的一样，那葱翠的色泽，写满了期待。

漫天的水滴，正汇集成细小的水流，哗哗地倾倒于地面，我缓缓地汇进了这股水流之中，深深地扎进那巨大的绿色枝条编织的希冀之中。

雪

当大地有了四季，雪便只是在冬天降临。冬的透骨奇寒，于萧瑟中透出阴郁和沉重。风很果断，将之前世界的生龙活虎尽数抹掉。大地之上，万物凋敝，皆龟缩于这肃杀的严酷，现出绝望和恭顺的样子。没有雪的冬天，最是凄寒没有生机，无望落寞的情绪会始终纠结于心底。太阳仿佛是被冻住了，天时时地阴沉，云层也总是那样厚实，阳光被深深地锁在云端。偶尔露一下脸，就又没有了，剩了一丝没有来得及离开的光，慢慢地被云影重又遮住。风，一点点地，把最后一丝生命的葱绿赶尽杀绝，露出天凝地闭的灰暗和破败来。山川湖海都被冻住了，鸟兽虫鱼迁徙的迁徙，蛰伏的蛰伏。人们被赶回屋里，围坐在炉火周围。

飘雪的时候，几乎感觉不到冷。先是几粒，从深灰色的天空忽然地就落在跟前，跟着，就又有一些纷纷扬扬地下来，再接着，又恢复到之前的模样，只剩几粒在眼前飘。之后，远处的雪粒慢慢地开始密集，一步步朝近处涌过来。雪开始渐渐地变大，急促起来，在半空中伸展成为一朵一朵的花。仿佛之前的那些雪粒是行走通告的使者，是含苞的蕾，而之后的这些逐步展开的花朵才是雪的本尊。天色更加灰暗下来，漫天的雪花开始缓缓降落。仿佛在深色的天幕之上，有一只巨大的手在播撒。

我，是这些奇妙的六角形冰花中的一朵，是闪亮的银色冰凌。我的线条是这样细微完整，没有一点马虎。当我飘落到你的掌心，那松软的六角形线条便像是展开的树枝、盛开的花，或者一枚闪耀的钻石戒指。你会惊讶吧，想到这便是神造之物，因为世间根本就没有这样的奇思妙想。仿佛童年节日里的惊喜，熟悉、温暖、喜悦和梦幻。每一朵雪花都是这静雅温柔的天外之物，是善舞的精灵，安静、纯洁、童真，踩着美妙的音符从天而降，那么悠然自在。有些直直地飘落下来，从容尊贵；有些就着风，斜斜地飘下来；还有些在半空中打着旋儿，翻滚着，像顽皮的小孩儿，摇摇摆摆地坠落下来。雪花在天空洁白纯然地盛开，身体透着水晶一般的质感，像极了自己的品质，却又是那么蓬松柔软。

是的，我们中的一部分，会义无反顾地选择奔向高山之巅，堆叠成雪山，再凝成冰，化为水，穿透岩，成为细流，汇集为生命之河的源头。另一些，则飘向了峡谷里，辗转在峭壁和深渊之间，朝着无尽的幽暗勇敢地坠落。于是，森林中那些枯瘦的枝条之上便站满了来不及化掉的新雪。还有常青的松柏，也收敛了绿色的骄傲，心甘情愿地被这纯白覆盖。湖泊上有一层薄薄的冰，但它之上的雪仍是蓬松柔软的，像是白色的泡沫。湖边上白日里的一些脚印被覆盖，它们是通向附近村庄的。

这峡谷里的村庄在天还没有黑尽之前就完全臣服于雪所带来的欢欣了，而在此刻，它显得出奇地安静。院子里的柴火被一层厚厚的雪盖住，家家户户的炉火此时都较之以往更旺。老人们都笑着说是好兆头，孩子们在院坝里追打得累了，也停下来，兴冲冲回到屋里，挤到火塘边的大人身边，其中一个问道："妈妈，下雪了，要过年了吧？"这稚气欢乐的童声被一阵风带到屋外，在飞雪里打着旋儿，传到更广的天外我的耳朵里。

我们像在空中盛开的花，渐次地落下。在降落过程中，作为舞者，最初我们还仅仅是陶醉于那些舞蹈，对因我们将会改变的一切并不十分清楚。我踩着风的节奏，时快时慢，脑海里的旋律让我不断地转着圈。我在空中停留了很久很久，这一次，我知道，我将飘向这座等待中的城市。

只小半天的工夫，街道两旁便有了积雪，而中间的道路，因为车辆不断，已经湿滑发亮。街边的树枝上、屋顶上、路灯上、汽车顶上像撒了一层薄薄的糖霜。街景变得生动起来，那些生硬的钢筋水泥，甚至冰冷的空气，此刻都参与到一场欢乐盛大的舞会中来了。中心广场上的那座青铜雕塑，在飘飞的雪花中静穆地存在。而那些匆匆而过的人们，脚步会放缓，眼神会变得柔软，脸上也会带着笑意，他们伸出手去接、去触摸，或者抬起头望向天空。而此刻的天地，在欢庆与喜悦中流泻出美妙的旋律。风住了，我们在空中抱成团飘落，这应该也是舞蹈的需要，又或者是我们的游戏。这样之后，雪花不再是一朵一朵的，我们在空中停留的时间仿佛更长，变成了雪片一般的模样。这雪片像神鸟失落的羽毛，在空中划出高贵的弧线。天色更加暗下来，四周的天空开满了雪花，空气中飘浮着浪漫的气息。时间的节奏变得缓慢，每双看向雪花的眼睛都满是惊喜。地上已经铺上了厚厚的一层雪，世界在静寂中被完全改变，万物皆被覆盖。

一个小区里，一群孩子在堆雪人，看样子，他们是在比赛。小区中庭院坝里，已经有一大一小两个雪球，孩子们仍然没有停下来，戴着厚手套的小手在地上捧起雪，捏成团，再把它们拍到那两个立在地上的雪球上面，雪球在慢慢变大，孩子们兴奋的声音此起彼伏。五楼的窗台边，一个五六岁的小女孩拄着拐杖立在那里，她的右腿打着石膏，眼睛始终没有离开那些堆雪人的孩子。她轻轻地咬住嘴唇，看着眼前这群欢乐的孩子，这些人中也有她的朋友。我早在遥远的空中便注意到这个小女孩，她忧伤委屈的小脸看起来是那么可爱，她把脸贴在玻璃上，窗帘自上而下地包裹着她，使她看起来是那么小。她的右上方可以打开的那一小扇窗户关得紧紧的。母亲走过来，拍拍她的肩膀，把那个小窗户开了一道缝。

一股冷风吹进去，小女孩的眼睛终于离开了那群孩子，转而看着窗户上面那一道缝隙。母亲笑着转身离开了房间。小女孩挪了挪位置，让自己可以看得更清楚，尽管这样使她的头发被吹得盖住了眼睛，她还是没有放弃。那一道狭小的缝隙可以看到飘扬的雪花，尽管从玻璃窗里面也可以看到，但那是完全不一样的感觉。雪花是那么晶莹洁白，在那道小小的缝隙里泛着一种真实的、异样的光彩，小女孩不再看那群孩子，她被自己的新发现感染了，失落和伤感被新奇和希冀代替。我为她感到高兴，在半空中为她舞蹈，她微笑着向我伸出手来，那热切的期待穿过那窄窄的缝隙深深地打动了我。我没有犹豫，越过窗户的缝隙，在风的帮助下，缓缓地落在她的手心。她瞪大双眼，慢慢展开手掌，小心翼翼地看着银装的我，蓬松柔软的我，仿佛两个老朋友，在湿漉漉的梦幻中重逢。

河

我隐匿于地下，成为暗河，在岩石的褶皱与缝隙之间穿行。在洞穴里，我千年万年地透过岩层往下滴落，一滴一滴地，竟然穿透了巨石。

我喜欢我成为河流的时刻，朝着大洋的方向永不停歇地奔流，尽管隐约中我感到我的旅行注定会有未知的危险，但对于大海的梦想却使我一刻也不想停驻。应该是我的基因里深藏有关于我归宿的暗示，这样，才能使每一滴水都在冥冥之中遵循这必然的使命。即便是在幽暗的洞穴里，我还是一滴水的时候，我就知道我必将汇集成流，就像此刻的我，倾尽全力地奔流在这自由炽烈的土地之上。是的，我深信，我最终必将抵达海洋，这是属于每一滴水的梦想。

通向大海的道路，当然不同于一滴雨、一片雪花的路线，它不再是从天到地的急速坠落。这样的路线注定我将穿越大地的身体，一寸一寸地，越过群山、流经大漠、走过荒原，也掠过沼泽，时时刻刻、岁岁年年、永不间断。是的，我的河床是我的摇篮、我的温床、我的依傍。它是我流过的烙印，是我成长的印记，也是大地生命滚动的刻槽。有时因为泥沙的沉积，河床抬升，我又像是悬于空中的河流，于水汽、水花和水雾之间咆哮如雷，奔流不止。尽管并不深邃宽广，水底也没有奇妙动人的世界，但是我的欢乐和活力，一往无前。

当然，有的时候，我还是会忽然感到孤单。那些和我一起成为河流的水滴，事实上我们早已离散。每天都有百千亿万滴水汇入，它们是陌生的雨雪冰雹，有时也会是山涧溪流。我感到自己的身体在经历巨大的变化，被挤压，被撕裂，被强大的力量裹挟着向前。我懊丧地感到我引以为傲的自由和欢乐正在慢慢远离我。

在某些时候，我很想慢下来，休息一下，或者是看一看，在河流的分汊口，其实我真正想要跨入的是另一个看起来要窄小一点的支流。我无法主宰自己的去向，只是感到深深的迷惑，仿佛穿行在一条永不会抵达终点的迷途，因为在这个时候，时间彻底失去了意义。是的，当我的情绪坠入困顿苦痛的深渊，夜晚总是会提前来临。天气晴好的时候，这深邃辽远的夜空，像是母亲温暖丰腴的身体。繁星缀满天际，宝石般亮眼的星辉在河流之上的苍穹组合成神奇的图案。如果我望得足够远，是可以看到闪亮的银河的，有时候，我会想象着每一颗星子都源自那里。在寂静的空旷里我时常仰望夜空，尽管有时候我看不见它们，但我知道它们始终在那里。我期待夜晚，这样可以看到或者感觉到它们。看到它们的坚持，温暖的注视。那奇妙的星光给予我许多力量，慢慢地，我开始明白，即便是在白日里，它们其实也都在苍穹之上与我遥遥相对，只不过是因为太阳的光辉、白昼的光亮，使我看不到它们。于是，我不再沮丧和困顿。

在有风的夜晚，我会听见海的回应。那声音像是更大更浩瀚的水声，在远处激荡、轰鸣。它们被风推送着，清晰、动听，像是切切的召唤，牵动着我的心。我于是无法停止对大海的想象和思念，更加努力地朝前行进。每向前一步，我的勇气就会成倍增长。我是这样渴望大海，传说中奇妙的鱼群、珊瑚、海底的群山、峡谷、千奇百怪的生物、海豚和鲸鱼、岩石、沙滩，还有海市蜃楼，它们时时浮现在我的脑海。我千万次地在心底描绘它们的样子，于困顿之时，于迷惘之中，也于痛苦之后。迷雾挡不住我，困境拦不住我，我永远都自上而下、从高到低地流淌。河道是我摸索行进的轨迹，也是我追逐理想的方向。因为山势和地形，我流动的速度随着河道的变换不断变化出不同的姿态，时而磅礴浩荡，时而汹涌激越，时而曲折迂回。

我被严寒封冻，在高地的冬天。我的表面凝结成冰，尽管冰层之下我仍在流淌，但我的力量因为严寒衰减，水流变小，下游开始断流。人们把这个时期称为枯水期。这是一个万物休眠的季节，天地死寂，我的水流声被厚重的冰层覆盖，尽管如此，我也从未停止热切地奔向大海。我衰减的能量终于还是迫使我在某一个时刻于某一个河段停了下来。我在静寂的峡谷汇集高地的山涧和溪水，每一个春天，我都会慢慢地等来它们，等它们一点一点地漫过我河道中巨大的卵石，再与我一道重新在河床里振作起来。我们缓缓地流动，但不用太久，就会有更多的细流汇入。一些从山上滚落的石头和尘土，急迫地汇入我的浪花里，我用时间将它们变成卵石和细沙，而那些珍贵的部分，我将它们变成闪耀的金子，静卧于河底。我在时间里无数次停顿、等待、蓄积、再出发，可是从来没有放弃奔向海洋。每当我又一次蓄满前行的力量，穿行于土地之上，都会再一次被大地的辽阔和壮美惊艳，而这一切更加使我明白梦想的价值和自由的意义。

我感到时间一路向前，仿佛坠入黑洞里的星河，永不复返，而藏在它身后的死亡，除了终结生命的面目可憎，反过来却也使有限生命的意义变得耐人寻味和珍贵。那些枯死的野草、干裂的土地、奄奄一息的生命，它们不只是在等待严寒酷暑的结束，它们也在等待我的经过，等待我重新蓄满我的河床，流过我的河道，浸润冰冷的岩石，唤醒熟睡中的土地。而我所经过的地方，将重新爬满生命的绿藤，村庄和稻田、森林和野兽、草原和牛羊，所有的枯萎都将在流水的润泽后于死亡的边缘重又变得蓬勃。

我站在最高的山巅，目光却被深谷里千万朵水仙吸引，那冰肌玉骨的纤巧花朵随风起舞，使我内心激荡起温柔的爱意。是的，那沙漠里的绿洲，那荒原里的炊烟，无一不是我隐秘的牵念。在宽阔的河道上，我从容地流淌，那丰沛的水流，浩浩汤汤。而在草原上，我的河面与草地齐平，我更像是镶嵌在它之上泛着银光的白练，徐徐向前伸展。当我穿行于峡谷之间，总有陡峭的山体阻隔，我被切割、被阻挠，河道变窄，因为落差，我起伏跌宕于山势之间，形成许多高低错落、湍悍激越的水瀑。但是啊，我的坚持是这样强烈，它从来不会因为任何压力改变。而我，从滴水嬗变为河流，本身就是一次涅槃重生。钻石生成于地底，有人说是被岩浆带到地面，我却总以为是我在岩层之间穿行的时候带走了它。这个坚硬固执的石头，它知道它的光是我给予的，即便埋在最深的地底，终有一日也会在大地之上闪耀光芒。

有些水滴注定会停止前行，当湍急的水流在暴怒下失控，它们中的一些会被浪花带走，并被扔在险滩上。还有一些也会流连于溪水边的安适浪漫，在某一刻化作水雾洒落在一旁的灌木丛里。我在遗憾中继续向前，告别高山和峡谷，草原和森林，一直向前。直到有一天，在湖滩沼泽里奔流了很久的我忽然看到前方浩瀚无垠的水域，竟然就这样毫无征兆地出现在我眼前，那蔚蓝的水波轻轻地荡漾，仿佛张开的手臂，在宁静安详中深情地等待。我知道，那就是大海。当我急切地汇入海洋，那穿行过黄土与沼泽之后的身体浑浊疲累，交汇时泛黄的河水与海水显出泾渭分明的黄与蓝。还未等我的不安与羞愧浮出水面，大海深沉博大的悦纳与爱便快速地洁净了我的身体，并清除了那些界线，使我彻底地融入其中。

我从未领略过这样深邃的水域，而它的广袤远远超过我所经过的土地，我在脑海中对它无数次勾画和想象，都不及眼前看到的浩瀚和苍茫。那汪洋之中掀起的巨澜，缓缓推动我进入惊心动魄的回流之中。我看到与我一样的江河、雨雪，任何一种形式的水，都在这水的世界里抱做一团，不分彼此，那种无我共荣的高尚感染并控制住我，使我感到幸福和满足。直到这时我才明白，我的荣耀，我滴水的生命意义其实就是为了汇流入海。

海

为什么海的味道苦涩咸腥？是因为盐，还是鱼，或者是海底奇妙的生物群落、大陆架、喷溅的岩浆、沙滩上死去的贝壳？这些答案总也不能消除我的疑问。在静寂的夜晚，月亮可以照见的海面上，作为一滴水，不，应该是海水中的一滴，我本应该枕着月光在涛声中安然入睡，与其他组成这浩瀚海洋的水滴一样随波安眠于大洋之上。可是我，亿万千兆海水中的一滴，却被这探究生命之旅的那份炽烈灼烧得火热滚烫。为什么海是咸的？为什么？我的执着和热烈传递并带动我周围的海水，使它们也在冷寂的夜里逐步地暖起来。我们于是更加地相信那苦涩古怪的味道里暗藏有生命与死亡的秘密，隐匿着风暴雷霆也无法摧毁的坚持。

我真的不记得我从淡水变成海水用了多长时间。我们中的一些认为是在与海水交汇的刹那间完成的，还有一些却认为用了不止百千万年。我的答案在这两者之间，又或者我时常否定之前的肯定，始终无解。当我汇入这无边的汪洋，其实就已经忘记了时间。我强烈地感到我的身体正被一种崭新的能量包围、进入、溶解，一点点改变。我在浩瀚的大洋里任意浮沉，这无边的洋流推着我缓缓前行，有时候我与更多的水滴会在海面上停下来等待，在浮浮沉沉中看阳光穿过我们的身体，在最广的海域收拢，使海的颜色像是镀上了一层华贵的金色。我们仰头看海鸥在头顶飞过，看天上的云朵在蔚蓝的天际开出不同形状的花朵。有时候我们会被突然而至的巨型鲸打扰，它们喷水的样子最让人开心。成群的海豚不断地从我身边飞跃而出，在空中留下好看的弧线，而后又重新回到海里。一艘三桅帆船穿过迷雾，出现在我眼前，白色的船帆在湛蓝的海面上看起来是那么耀眼。我喜欢有月亮的夜晚，因为没有风暴。深色的天幕上依旧可以看到云朵灰色的剪影，远处密集的云层很厚，垂悬在空中，当我凝视它的时候，可以清楚地看见它移动的姿态。云朵在黑暗中快速游走，厚实的核心在运动中分离变薄，露出比夜色更黑更深邃的缝隙，那些缝隙是神秘宇宙世界通向无极的通道吗？在此刻它们是如此清晰，无极的无极就是没有终点的空白吗？

在这样一种无限的空旷和寂寞里，我开始感到难过。我怀念清冽甘甜的淡水的曾经，那个时候的每一天，无论我是溪流、山涧，还是江河，都充满了冒险的快乐和自由。纵然我曾是静止不前的湖泊，那山坡和天空之上不断变幻的景致倒映在我的心海，也足够让我体味到这个世界最具深情的妩媚。当我在万顷碧波之间荡漾，那种无助的迷惘加深了我的孤独。我明白我永无希望跳出这大洋之外，而这精彩美丽的陆地组成的世界将与我毫无关联。这使我感到被束缚和被遗忘之后痛楚的怨愤，尽管我是这样热爱大海，曾这样不顾一切地奔向她，急切地想成为她的一分子。可是现在，眼前这随波逐流的日子却使我感到无聊和失望。那淡水时代鲜亮的记忆时时被唤醒，浮上我思念的心头。

可我是一滴海水啊。我与生俱来的梦想就是如何成为大海的一部分。我的迷惘让我在矛盾重重中慢慢见识我的海洋。我跟随洋流来到温暖的陌生海域，却没料到风暴会来得这样迅疾。我从未见过被风搅动的云团，可以如此这般神速地占据我头顶上的天空。天迅速黑下来，云团的底部变成了深色，风以每小时数百公里的速度，继续推动云团集结。数千公里宽数百公里厚的云团形成漩涡状的风眼，面目狰狞地出现在天空之上。一切都带着毁灭的目的，而风暴即将来临。远处传来气流摩擦的巨响，雷暴穿行过后在云层里发出恐怖的强光，闪动裂变出无数张骷髅一般痉挛抽搐的丑脸，之后再重重地击打在海面之上。暴雨裹挟飓风将整个海面锁死。洋面被风速控制，滔天巨浪汹涌不止，蓄积足以击碎巨石的千钧之力相互撞击，发出骇人的声响。巨浪在风速的帮助下将大海边缘的力量吸到风暴中心，果决地吞噬它周围的一切，坚固的铁船，甚至经过的飞鸟。海平面不断上升，我被卷入海洋中心，只瞬间就又从千米之外回到了眼前，刚踏上一波骇浪，我就被狂乱的风送上了云端。我俯瞰这魔域一般急速变化中的大洋，既惊恐又兴奋。风雨雷电组合成末日的景象，而这暴烈的大海即将越过堤岸。海边的渔村，此刻正在风暴里颤抖，那些来不及逃走的生命，都将不可避免地死亡……

我在风暴平息之后醒来，海面上静静地漂浮着被摧毁的建筑和船只的残骸，还有失去生命的鸟和鱼，沙滩上横七竖八地躺着许多人的尸体。死亡的苦痛和悲伤在海面上浮沉。我为自己的好奇和鲁莽开始感到难过和羞愧。一缕朝阳缓缓地斜照在我冰冷的身体上，温暖正一点点进入我体内。这时我才真正感到静谧祥和与沉寂幽深的可贵。后来我无数次地见证了海底山脉的崩塌和峡谷的断裂，由此引发的地震和海啸，让无数海底生物灭亡。我看到海岸边无数的城市和村落的损毁与消失，才明白作为一滴海水我必须承受的一切是我身为淡水时无法想象的沉重。那些暴风、云团、地震和火山，都是我无法控制的灾难。尽管作为大海，我知道这是大自然释放能量的规律，没有任何力量可以阻挡，但每一次的灾变，我都会感到痛楚，这无法停止的喜与忧、爱与痛的轮转，使我变得复杂和咸腥。

我在深海漂游，像一条鱼一般自由。那些海底的珊瑚、暗礁、山脉、峡谷、千奇百怪的鱼、色彩各异的生物、在珠蚌里酝酿的珍珠，它们是这般神奇美妙，令人惊叹。有些色彩我甚至从未见过，我常把植物认作鱼类，也会反着将鱼当作植物。凶猛的鲨鱼、温柔的水母和海马，我都喜爱，当那些叫不出名字的生物越来越多的时候，我这才感到自己的渺小和微不足道。这斑斓多姿的大海，她从来就没有停止过生命的诞生，她是起始，也是摇篮。我永恒的好奇和热情再度填满我的内心，我很快明白这大洋之浩大无垠，超出我的想象。这个星球百分之七十的面积都覆盖了海水。我即便耗尽一生，也只够了解它的万一。可我仍旧止不住地欢喜，因为在这里，我不仅见证死亡，我也看到新生。一些微尘从海底泛起，它们都是新生命的开始，当阳光照进大洋深处，它们就会慢慢变成母亲的样子。我停留在它们身边，久久不愿离开。我宁愿让时间将它们深深地镌刻在我的身体里，这些记忆会使我在往后无聊沉寂的岁月里也会有温暖和热情。

见惯了火焰在大地之上熊熊燃烧，却从没见过火焰在水里也可以不灭。深海里突然喷发的海底火山，那撼动大地的力量并没有惊到我。真正让人震惊的是赤焰与海水交汇之后的样子，那是淡水的世界看不到的奇景。源自火焰核心的爱与渴望深切无畏，那积蓄的能量明知是牺牲却仍旧奋然不顾，这决绝的勇敢感动到我。作为一滴海水，我的感知可以是无限的，这取决于我的想象力。即便我漂浮于极地寒冷的海域，我依然可以通过水的方式感受到千万里之外热带风暴的威力。我能够感觉到火焰正穿过我的身体，就像岩浆如火毯一般在海底肆意流淌，我开始止不住地沸腾，我看到一些生命正在死去，可我预感到这充满伤痛的死亡背后，更多的生命即将诞生。海与火泾渭分明地僵持，然后缓缓地穿过彼此，慢慢交融，它们仍然执守着自己原有的样貌，海依旧是海，火也仍旧是火。是啊，无论这海与火的旅程还将继续多久，我也可以猜到，它们最后的结局：火焰终将泯灭于大海。我看到毁灭前的花朵因为决绝开出别样的精彩，这是人类永生也不可理解的悲伤。而我的身体此刻不只是咸腥，它开始变得苦涩。

当深色的岩石冒出海面，我才恢复了往日的温度。火焰已然消散，岩浆被海水冷却之后变成岩石。这层层堆积，渐渐高于海面，绵延千里的岩层，就这样在某一天突然地耸立在跟前。它是岩浆与火焰的涅槃，这新生，将重新组成新的大陆和岛屿。海与火终不能长久相守，而这涅槃之后的重生却将与海永远厮守。沸腾之后的我再不是一滴普通的海水，这战栗一般摄人魂魄的燃烧，那勇气与坚贞的注入同样也是我涅槃的开端。我看到那不可预测的生命之船正在悄悄地偏离死亡的航线，慢慢地驶向希望的彼岸。

我信守大海的秘密，让痛苦在内心悄然变得欢欣。尽管它已经变作焦黑的岩石，我还是一眼就认出了它火焰的本质，那曾经点燃我的赤诚和无畏，此刻已然化作了深沉的凝视。我热爱这岩石的坚毅与静穆，任凭风雷贯耳，闪电刺破天际，也毫无惧色，也巍然屹立。我汹涌于它的跟前，接近它、轻抚它、润泽它，又或者狠狠地击打它、磨炼它。它的本质是这样顽固和傲慢，却又是这样心甘情愿地为我改变。浪花撞击岩石，发出惊天的咆哮，这是我们的沉默，也是我们的交锋。海岸线，由陡峭平直到曲折蜿蜒，岩石由锋利尖刻到圆润饱满，全在于我的锤炼。我们都坚信，这未来的岩层之上，必将覆盖新生的绿草和森林、昆虫和猛兽、淡水和人类。

我游弋在无垠的波涛之上，内心充满和平。我是海，真切汹涌的存在，是这生命之国的摇篮，也是支撑这个星球庞大生态圈的开关。我喜欢阳光下泛着金色细浪的海面，在有月亮的夜晚，却更加使我感动。我的微波被这清冷的光吸引，因它的疏与亲、远与近潮落潮起，并于大洋之上摇曳出生动奇异的光影。偶尔我会在这光影之上看到更多的盛景：踏浪入海，出水飞天的仙女，在管弦乐声中舞蹈嬉戏。百千艘古老的战船于大洋中对峙，浓雾中战鼓雷鸣，战旗猎猎。我的岩石在海岸边通体透明，它的光吸附住所有的月光，发出比钻石还要耀眼的光彩，即便它的一部分深入海底，也使整个海面因它如同白昼一般地流光溢彩。我们中的一些会说那是海市蜃楼，但我却深信，那是大海的记忆，是真实的奇景。

我时常在入海口停留，看那些欣喜若狂的江河如何汇进大海。这样的场景，会唤醒我的一些记忆，让我的意识在长久的幸福中澎湃不已，也令我的思想在万顷碧波之上翻卷激荡，始终百感交集。

（原载《青年作家》2023 年第五期）

图书在版编目（CIP）数据

就这样开始 / 阿呷著. -- 北京：作家出版社，2024. 3

ISBN 978-7-5212-2374-3

Ⅰ. ①就… Ⅱ. ①阿… Ⅲ. ①散文集-中国-当代 Ⅳ. ①I267

中国国家版本馆 CIP 数据核字（2023）第 118812 号

就这样开始

作　　者：阿　呷
责任编辑：赵　莹
封面设计：照　心
封面作品：俄狄史卓
内页插画：向以桦
装帧设计：书香力扬
出版发行：作家出版社有限公司
社　　址：北京农展馆南里 10 号　　**邮　　编**：100125
电话传真：86-10-65067186（发行中心及邮购部）
　　　　　86-10-65004079（总编室）
E-mail：**zuojia@ zuojia. net. cn**
http：**//www. zuojiachubanshe. com**
印　　刷：河北京平诚乾印刷有限公司
成品尺寸：145×210
字　　数：112 千
印　　张：6. 125
版　　次：2024 年 3 月第 1 版
印　　次：2024 年 3 月第 1 次印刷
书　　号：ISBN 978-7-5212-2374-3
定　　价：48. 00 元
